Telégrafos del Estado

Telégrafos del Estado

Impreso en Kadmos, España

ISBN: 978-84-127664-5-5

DEPÓSITO LEGAL: M-8069-2025

Telégrafos del Estado

Matilde Serao

ESPINAS

Donna Matilde Serao, la escritora napolitana que se preocupó de contar a *las nadies*

Esther López Barceló

La interfaz del fuego y las cerillas

Mi hijo de cinco años jamás ha visto una cerilla. Me di cuenta hace poco, en su fiesta de cumpleaños, al ir a encender las velas. Solo entonces reparé en esa inesperada ausencia. En el hecho de que, en mi infancia, las cerillas eran objetos cotidianos Y, por primera vez en mi vida, me pregunté: ¿en qué momento dejamos de necesitar el fuego?

Es cosa sabida que su descubrimiento marcó un antes y un después en la evolución humana. Su uso más antiguo data de hace un millón y medio de años. No obstante, la posibilidad de «encapsularlo», es decir, su definitiva domesticación, no llegó hasta hace relativamente poco: apenas un instante en la historia de la humanidad. Ocurrió en 1831, y por casualidad. Cinco años después se instaló la primera fábrica de cerillas en Barcelona, y hace tan solo veinte años —en 2005— se produjeron las últimas cajas en nuestro país. Lo que no podemos precisar es en qué momento empezamos a olvidarlas.

En arqueología existe una palabra para nombrar el tiempo que no ha dejado rastro, ni surco, ni tierra. Me valdré de ella para bautizar ese periodo invisible en que dejamos de prender la llama: la interfaz del fuego y las cerillas. De hecho, lo más probable es que esta lectura les haga dudar sobre si acaso guardan alguna caja perdida, acumulando polvo en el cajón caótico de la cocina. Pero, en su momento de mayor apogeo —entre 1897 y 1910—, el consumo de cerillas era tal que el Gremio de Fabricantes de Fósforos de España, para incentivar aún más sus ventas, creó unas cajas especiales —preciosas, por cierto— con gomitas, que costaban el doble que las sencillas (10 céntimos) y contenían en su interior una serie de pequeñas cartulinas coleccionables llamadas fototipias.

Se había puesto de moda coleccionar imágenes de personalidades impresas en papeles de fumar y paquetes de tabaco. Y, en contra de lo que podríamos pensar, los protagonistas de esas pequeñas fotografías coloreadas no fueron mayoritariamente hombres, sino mujeres: actrices, poetas, escritoras, princesas y damas copaban la mayoría de las series. En concreto, la *Serie 27* se titulaba «Célebres *Poetisas* y Grandes Escritoras». En ella aparecían los rostros de 75 autoras, de diferentes tiempos y latitudes: desde Aspasia de Mileto hasta Rosario Acuña, pasando por cierta novelista italiana que vivió a caballo entre los siglos XIX y XX, en concreto, la número 62 de la serie, doña Matilde Serao. Así la conocí.

Mi madre colecciona fototipias. Además de por placer esteta, la mueve el afán de desenterrar a mujeres que fueron referencia en el pasado y que, a pesar de su celebridad, quedaron arrumbadas en los márgenes del camino por el paso avasallador e implacable del patriarcado, la dictadura y el tiempo. Supongo que con Serao sucedió lo mismo que con el fuego y las cerillas. De repente, hubo un día en que se dejó de publicar su nombre en los diarios y se desvaneció el interés por leer sus ficciones y ensayos, sin que apenas nadie se apercibiera. ¿Cómo hallar después de tantos años la interfaz de su muerte en la memoria colectiva? Quizá lo mejor sea centrar nuestros esfuerzos, tal y como hace la editorial Espinas, en recuperar su legado, en encender la llama que la ilumine de nuevo.

Luz y *telégrafos*

La vida y la obra de Matilde Serao (1856-1927) ha sido estudiada en nuestro país, fundamentalmente, por dos filólogas de la Universidad de Sevilla, María Reyes Ferrer y Dolores Ramírez Almazán, que coinciden en destacar la excepcionalidad de su figura. Serao no solo fue una mujer que consiguió vivir de su escritura, con todo el valor que ello supone —antes y ahora—, sino que, además, fundó periódicos —no uno, ni dos, sino tres—: *Il Corriere di Roma*, *Il Mattino* e *Il Giorno*. Se reivindicó siempre antifascista e incluso se *atrevió* a separarse —divorciarse no pudo porque hasta 1970 en Italia no estaba permitido— después de que Gabrielle Bessard, la amante de su marido, se suicidara de un disparo ante su puerta, habiéndole entregado antes a la criada la hija recién nacida de ambos.

Hablar de Matilde Serao es, esencialmente, dibujar la imagen de una mujer pionera en *ser mujer* de nuestro tiempo. Hablar de Matilde Serao es hablar no solo de literatura, sino especialmente de los naturales vínculos entre periodismo y literatura; es hablar de una escritora-periodista-empresaria, del mismo modo que es hablar de una forma de periodismo concebido como profesión, como vocación, como empresa y como instrumento de formación para los hombres y mujeres de su tiempo.

En suma, es hablar de la particular aportación de esta mujer en la creación de una nueva sociedad, en la construcción de la realidad napolitana, italiana y femenina de finales del siglo XIX y primeros del XX[1].

1. Almazán, M. D. R. (2001). Matilde Serao periodista. In Mujer, cultura y comunicación: realidades e imaginarios. IX Simposio Internacional de la Asociación Andaluza de Semiótica (pp. 717-728).

Su escritura se inscribe en lo que se dio en llamar *verismo*, un movimiento literario surgido en Italia en el siglo XIX que hunde sus raíces en el naturalismo francés representado por Émile Zola.

Sus escritos son auténticos documentos histórico-sociales que ayudan a reconstruir fragmentos desconocidos de la microhistoria italiana, basándose en los aspectos cotidianos que, generalmente, pasan desapercibidos por las fuentes oficiales[2].

Si bien Serao encendía la llama para alumbrar las vidas de la gente obrera, lo hacía con especial énfasis en las condiciones materiales y sociales bajo las que sobrevivían las mujeres. Sin embargo, la escritora italiana no se consideró nunca feminista, actitud algo contradictoria que, seguramente, adoptó condicionada por la necesidad de preservar su posición preferente —y anómala— en una sociedad fuertemente *virilizada*.

Mientras las mujeres estadounidenses y británicas rompían estereotipos y luchaban por el sufragio, en el sur de Italia las mujeres solo aspiraban a superar su

2. Ferrer, M. R. (2017). Matilde Serao: el periodismo literario con nombre de mujer. Zibaldone. Estudios italianos, 5(1), 339-348.

pobreza. Sus condiciones sociales eran precarias y su independencia aún no se había materializado en una nación de maduración tardía. Serao intentó reflejar estas imágenes y, en efecto, representó a las mujeres del sur de Italia como pobres, sin carrera y limitadas por las leyes de la sociedad, tal como las veía en la Italia de finales del siglo XIX y principios del XX[3].

Entre sus obras más importantes se encuentra «El vientre de Nápoles», un libro que es ya referencia del periodismo de investigación, en el que Serao denuncia la miseria e insalubridad que imperaba en su ciudad, sobre todo, tras la epidemia de cólera que la asoló en 1884. Se trata de un libro caleidoscópico forjado de pequeñas historias que describen fielmente la vida de los parias napolitanos.

(...)El resto de los oficios ambulantes femeninos, lavanderas, peluqueras, planchadoras contratadas por jornada, vendedoras de semillas tostadas de calabaza, reparadoras de sillas de paja, oficios que las exponen a todas las intemperies, a todos los accidentes, a cantidad de enfermedades, oficios pesados o repugnantes que no les permiten ganar a estas desgraciadas más de diez

---

3. Russo, T. G. (1997). Matilde Serao: A True Verista for the Female Character. *International Social Science Review*, *72*(3/4), 122-135.

céntimos, quince céntimos al día. Cuando ganan una lira, las pobres, ahorran y se casan.

Son feas, por supuesto, se descuidan, claro que sí. A veces dan asco. Pero esos que tanto se preocupan ahora por la belleza tendrían que entrar en el secreto de estas existencias, que son un poema de martirio cotidiano, de incalculables sacrificios, de esfuerzos soportados sin protestar. ¿Juventud, belleza, vestidos? Disfrutaron de un minuto de belleza y de juventud, fueron amadas, se casaron. A continuación, el marido y la miseria, el trabajo y las palizas, el sufrimiento y el hambre. Tienen hijos y deben abandonarlos[4]...

Sin embargo, a pesar del tenebroso contexto europeo del periodo de entreguerras, caracterizado por el auge de los totalitarismos, su escritura descarnada y valiente gozó siempre de un gran reconocimiento y prestigio literario, tanto en su país como fuera de él; de hecho, en la prensa española era habitual que se la comparara con doña Emilia Pardo Bazán:

En todos los países brillan actualmente en las letras mujeres con fama universal. Inglaterra ofrece a Mrs. Humphry Ward, Francia a Marcelle Tinayra, Italia a

4. Serao, Matilde (2016): *El vientre de Nápoles.* (Méndez, J.A Trad.) Gallo Negro Ediciones.

Matilde Serao. Alemania a Clara Vilbig, Suecia a Selma Lagerlof, los Estados Unidos a Edith Wharton, Rumania a Elena Vacaresco, Dinamarca a Karin Michaelis, Polonia a Elisa Orzoseo. Nosotros [...] Emilia Pardo Bazán[5].

Se sospecha que el propio Mussolini pudiera haber maniobrado para que la escritora jamás obtuviera el Premio Nobel de literatura, ya que estuvo nominada durante cuatro años consecutivos: en 1922, en 1923, en 1924 y en 1925. Teniendo en cuenta que, precisamente, fue en 1922 cuando se produjo la Marcha sobre Roma y que, con ella, como es sabido, dio comienzo el aciago período de la dictadura fascista, no sería de extrañar que el siniestro *Duce* hubiera intercedido para bloquear el codiciado galardón. Pero, lamentablemente, *Donna Matilde* no vivió lo suficiente como para celebrar el fin de Mussolini, ya que la muerte la sorprendió en 1926, a los setenta y un años de edad, a causa de un infarto. Desde entonces, sus restos reposan en el cementerio napolitano de Poggioreale.

---

5. Guerra, Ángel (30/06/1926): *El Orzán: diario independiente* Año IX, Número 2524, recopilado en Iasci, M. L., & Sanz Cabrerizo, A. (2018). Matilde Serao in the Spanish digitized newspapers: a collection of references.

Telégrafas del Estado

Jamás podremos comprender el asombro de aquella generación frente a los primeros resultados del telégrafo eléctrico, el enorme estupor y el entusiasmo que despertó el que esa pequeña chispa, apenas perceptible, (...) alcanzara de golpe la fuerza demoníaca para saltar kilómetros y kilómetros por encima de países, montañas y continentes enteros. Que la idea apenas barruntada hasta sus últimas consecuencias de que la palabra recién escrita pudiera recibirse, ser leída y entendida en el mismo momento a miles y miles de millas(...). Sólo por medio de este descubrimiento la relación espacio-tiempo experimentó el cambio más decisivo desde la creación del mundo.

Así describe Stefan Zweig, en *Momentos estelares de la humanidad*, el tremendo impacto psicológico que provocó la invención del telégrafo. De hecho, no se lo creerán, pero la fecha que señala el escritor austriaco como punto de inflexión entre el viejo mundo y el nuevo es 1836, justamente cuatro años después de la aparición de las cerillas. Fue en esos años de efervescencia creadora cuando las palabras cobraron, por vez primera, el don de la inmediatez. Para ello, precisaron de una red de cableado —incluso submarino— capaz de transmitir estímulos eléctricos a kilómetros de distancia y, por supuesto, de un lenguaje adaptado a esa condición, para el cual se compuso una combinación de puntos y rayas —es decir, de impulsos cortos y largos— por cada letra del alfabeto del sistema de escritura latino.

Ese lenguaje —ya lo habrán adivinado— se llamó Morse, en homenaje a su creador. Un pintor reconvertido a inventor tras la muerte de su primera esposa, Lucretia Walker, de la cual no se pudo despedir, ya que se encontraba lejos de casa en el momento en que ella enfermó. Al parecer, esa fue la mecha que encendió la llama de su ingenio. Quiso contribuir a crear una forma de comunicación que rompiera las barreras del espacio. Este acérrimo anticatólico, defensor de la esclavitud, emitió el primer mensaje telegráfico de la historia, desde Washington a Baltimore, el 24 de mayo de 1844. Paradójicamente, la primera frase enviada a través del telégrafo eléctrico —un artefacto surgido gracias al progreso científico— fue un versículo de la Biblia: «What hath God wrought?» («*¿Qué ha forjado Dios?*»).

No obstante, existe cierta controversia acerca de quién fue realmente el creador del lenguaje morse, ya que, al parecer, pudiera haber sido obra de su asistente, Alfred Vail. No dejaré pasar la oportunidad de dejar aquí constancia de que la segunda mujer de Morse, Sarah Elisabeth Griswold, era sorda —además de casi treinta años menor que él— y había sido una de las primeras alumnas de la Escuela para Sordos de Nueva York. Una cualidad que, tal vez, pudiera haber inspirado en Morse la capacidad de imaginar alternativas formas de comunicación[6].

Volviendo a la novela que nos ocupa, es importante constatar que Matilde Serao conocía perfectamente los rudimentos del telégrafo eléctrico, ya que trabajó en la sección femenina de la oficina central de correos de Nápoles durante tres años, de 1874 a 1877. Comenzó a escribir la novela en 1885 a partir de los recuerdos que la escritora atesoraba en su memoria, donde

6. «En 1848, Samuel F. B. Morse, inventor del código telegráfico, se casó con una mujer sorda, Sarah Elizabeth Griswold, su prima segunda. Griswold, exalumna de la Escuela para Sordos de Nueva York, tenía veintiséis años. Morse tenía cincuenta y siete. La "belleza", la "sencillez" y el "comportamiento amable" de Griswold impresionaron a Morse, pero, según la historiadora Jill Lepore, también le atrajo su sordera. Lepore cita una carta de Morse a su hermano, en la que este decía que la "desgracia de no oír y su habla defectuosa... despertaron aún más mi amor y compasión por ella". Pero eso no era todo. Morse creía que la sordera de la joven la haría depender de él, lo que le aseguraría estar "doble y triplemente seguro" de "su sincero y devoto afecto"». En Van Cleve, J. V. (2003). A Is for American: Letters and Other Characters in the Newly United States. Sign Language Studies, 3(2), 226-233.

permanecían inalterables sus compañeras de trabajo: «En lugar de fabricar a una joven, he evocado a todas», reivindicaba Serao.

«Cuatro o cinco veces había llegado tarde al trabajo después de las siete, porque no tenía reloj. La directora lo había apuntado en el registro y Maria Vitale había pagado una lira de multa».

Es esta una historia de obreras que no tenían derecho al tiempo, la historia de unas mujeres a las que el salario no alcanzaba siquiera para poder medirlo. En esta obra que recupera la editorial Espinas, la escritora nos descubre los entresijos cotidianos de un trabajo que ya no existe. Es por ello que esta novela se abre a las lectoras con la potencia de un yacimiento arqueológico, con la belleza de un estrato de tierra recién barrido en el que es posible discernir todavía las huellas olvidadas de unas telegrafistas italianas que vivieron hace ciento cuarenta años.

Trabajaban en la Sección Femenina como telegrafistas. Algunas lo hacían «para poder hacerse ropa o comprar el ajuar». Las conversaciones versaban sobre «líneas, averías o interferencias». En las paredes había mapas telegráficos de la península itálica. A cada trabajadora correspondía una línea para la jornada de siete horas. Cada día revisaban impacientes las asignaciones que se publicaban en un tablón de anuncios, ya que eso condicionaba enormemente la carga de trabajo del día. Había líneas buenas y líneas malas: unas eran tediosas por la baja demanda, otras eran terribles porque el corresponsal del otro lado era un misógino que las despreciaba, otras funcionaban mal debido a la excesiva distancia del cableado, lo que provocaba pérdidas de la señal muy a menudo. La sala se hallaba inundada la mayor parte del tiempo por un ruido metálico de cuchillas.

Se les imponía el secreto telegráfico sobre los mensajes que recibían, como si escribir un telegrama equivaliera a confesarse, como si ellas fueran las sacerdotisas de una fe moderna. Mientras se hacía el silencio en sus líneas, algunas trabajadoras bordaban o hacían ganchillo, quizás con un virtuosismo tan delicado como menospreciado socialmente. De hecho, una de ellas, según la describe Serao, tejía «una estrella de ganchillo».

(Un inciso: al leer ese sintagma, mi memoria voló hacia un patrón de labores llamado «Estrellita», que encontré en los cuadernos de claves de la presa antifranquista que más años pasó encerrada en las cárceles de la dictadura, Manolita del Arco Palacios. Pero esta es otra historia).

¿Cuántas mujeres, a lo largo del tiempo y el espacio, se habrán sumergido en el acto de trenzar la lana para huir de sus encierros particulares? ¿Cuántos de nuestros ancestrales saberes y genuinas experiencias se habrán perdido solo porque no hubo una Matilde Serao que se preocupara de hacerlas constar por escrito? ¿Cuán atrás se hallará la interfaz que separa nuestro presente de aquel tiempo aciago en que ser Matilde Serao era una fugaz anomalía?

Bibliografía

Almazán, M. D. R. (2001). *Matilde Serao periodista.* En *Mujer, cultura y comunicación: realidades e imaginarios.* IX Simposio Internacional de la Asociación Andaluza de Semiótica.

Ferrer, M. R. (2017). *Matilde Serao: el periodismo literario con nombre de mujer.* Zibaldone. Estudios italianos, 5(1).

Guerra, Ángel (30/06/1926): El Orzán: diario independiente Año IX, Número 2524, recopilado en Iasci, M. L., & Sanz Cabrerizo, A. (2018). *Matilde Serao in the Spanish digitized newspapers: a collection of references.*

Molinero, Rosa (25/01/24): *Las cerillas cumplen 180 años: historia de un invento que fue crucial en la cocina.* La Vanguardia.

Russo, T. G. (1997). *Matilde Serao: A True Verista for the Female Character.* International Social Science Review, 72(3/4)

Serao, Matilde (2016): *El vientre de Nápoles.* (Méndez, J.A. Trad.) Gallo Negro Ediciones.

Van Cleve, J. V. (2003). A Is for American: Letters and Other Characters in the Newly United States. *Sign Language Studies, 3*(2)

Zweig, Stefan (2012): *Momentos estelares de la humanidad: catorce miniaturas históricas.* (Vías Mahou, B. Trad.) El Acantilado.

Fototipias de las cajas de cerillas española, <https://inserts.org.uk/index.php/es/3237-2/>.

Telégrafos del Estado

La primera palabra

Me concedo a mí misma la primera palabra, como gracia, para no ser tergiversada o malinterpretada. Ya, después, que se devanen los críticos los sesos con total libertad. Y se batan en duelo con mi libro. O entre ellos. O contra el enemigo común, la crítica. Me concedo a mí misma la primera palabra, para dar algunas explicaciones, básicas y modestas, a los hombres, a los que les presento un tema para ellos inexplorado. Y a las mujeres, a las que les confío una cuestión muy apreciada por ellas.

Imagino que habréis leído *Chérie* de Goncourt, tanto novela como prólogo. El prólogo es ambicioso y la novela, insuficiente. El prólogo promete mucho y la novela cumple poco o nada. ¿Por qué? Me lo he preguntado más de una vez. ¿Cómo es posible que el avezado observador de *Germinie Lacerteux*, de *Manette Salomon* y de *La Faustin*, haya podido fallar tan estrepitosamente con la naturaleza, mental y física, de *Chérie*? El prólogo desvela el misterio: Goncourt nunca llegó a analizar a una muchacha de carne y hueso, como sí tuvo la oportunidad de hacer con la criada neurótica, la modelo o la actriz. En este caso, acudió a los libros de confesiones. ¡Como si las muchachas se confesaran con alguien! Ya sea madre o amiga. Ya sea novio o literato empírico. Hermética como un gusano de seda en un capullo, tejido por la obediencia social, por una educación extraña y cambiante, por una modestia forzosa, por una ignorancia obligada y por una inexperiencia a cualquier precio. Y, después, una fuerza contraria de propulsión arrastra a la muchacha a orbitar alrededor del sol del matrimonio. Una joven se educa bajo preceptos morales muy complejos. Tiene que vivir relacionándose con hombres, pero atendiendo a que entre ambos no nazca una conexión profunda. Tiene que ser capaz de adivinar cualquier cosa, después de haber sospechado todo y, aun así, fingir ignorancia. Tiene que tener un apetito ardiente y abrumador, un deseo inmenso y un ansia incontenible por atarse a un hombre. Y, a la vez, tiene que ser fría e indiferente. *El libro de la Rosa* se transforma en *El drama de la Rosa* cuando la dulce flor, oculta tras las trincheras y murallas de la virtud, anhela un pretendiente con ferviente deseo.

Este conflicto interior, impuesto a la muchacha por un imperativo inherente a nuestra propia existencia, la vuelve profunda, apenada, a menudo melancólica y siempre escéptica. Nadie como una joven experimenta los padecimientos y las insatisfacciones de la lucha por la propia conservación a diario. Vive constantemente alerta, camina con pasos cautelosos, no revela fácilmente los recovecos de su alma, y los enigmas de su espíritu permanecen impenetrables. Nadie siente con más intensidad la vida de lo que lo hace una joven, con un contraste, a veces cómico y, a veces, trágico. Esa mirada, baja o distraída, tiene una capacidad de observación inmejorable. Esas cabecitas rubias que, en teoría, no piensan en nada, poseen una poderosa intuición y una memoria prodigiosa. Esos bellos ángeles soñadores, por exigencia defensiva, se convierten en coleccionistas implacables de experiencias humanas. Amargas son las batallas en la vida de una mujer. Y es que las palabras de desaliento que pronunció el Santo Job parecen basadas en ella.

A día de hoy, yo también he pasado este dramático período de la vida. O, más bien, diversos avatares me han permitido una presencia más prolongada en el mismo. Como acompañante, a través de maravillosas y variadas perspectivas de jóvenes de toda clase, de toda índole y de toda ascendencia. En este magnífico herbario humano, donde las escasas malas hierbas aristocráticas se entrelazan con vigorosos claveles burgueses, y donde el pasto enfermo es superado por una planta en flor, a la cual yo he visto vivir, crecer y ramificarse, deslizándose y penetrando por todas partes. Todas esas muchachas han formado parte de mi vida. Han llegado. Se han alejado. Han desaparecido. Han abrazado la felicidad o la muerte. Algunas incluso la felicidad en la muerte —aunque su presencia ha permanecido viva en mí—.

Y, si yo tuviera la capacidad de evocar a todos y cada uno de los fantasmas que me persiguen y se acumulan en mi mente, ¡qué procesión de jóvenes la conformarían! ¿Esto ocurre porque los recuerdos se hacen más vividos a medida que nos alejamos de lo recordado? ¿O porque la memoria joven está más alerta, más agudizada y más sana? ¿O por la gran capacidad de observación que tienen las jóvenes? Que los filósofos positivistas resuelvan el misterio. Por lo que a mí respecta, en la escritura de este libro, me he basado en la memoria. Y tanto en mi corazón como en mi persona, todas habéis dejado una huella, una impronta, una presencia. Vosotras, almas femeninas, que vivisteis conmigo en un determinado momento, día y año. Vosotras vivís en mí, tal cual erais entonces, en los pasillos y en las aulas de la escuela de magisterio; en las oficinas del Telégrafo; en los balcones de la provincia de Santa María, donde crecen las acacias y los amores, y en las terrazas de Nápoles, donde se juntan la añoranza de un mar lejano y de las guitarras suplicantes. Cada vez que, para dar vida a la protagonista de una novela, intento recomponer el marco conceptual y genérico de una joven, cada una de vuestras voces resuena a coro en mi cabeza, lejanas amigas, felices o infelices. Es un bullicio confuso, como lo fue antaño. ¿Lo recordáis? Yo lo recuerdo, tan nítidamente y con tanta intensidad, que todo mi ser tiembla. Una agitación de ternura y de llanto estremece mi alma. Todas estas voces que vienen del pasado, todas estas manos que se extienden hacia mí desde tiempos pretéritos, todas estas visiones tan precisas de lo que ya no está, o de lo que ya no es, me arrastran, me turban y me despojan del sosiego necesario para escribir una novela siguiendo las reglas establecidas.

Y es por eso que mi intención no es escribir una novela. No quiero crear un arquetipo. No quiero explicar una cuestión relativa a la ciencia del comportamiento. Quiero ahondar en la memoria, en el lugar donde los recuerdos se ordenan en capas que se superponen, como los restos geológicos de vida en la corteza terrestre, y entregaros el texto tal cual llega a mí, sin reescribir seres imaginarios. Os entrego una historia sin protagonistas. O mejor dicho, donde todas son protagonistas. Desconozco si actúo dentro de las leyes del arte. Desde el primer día que cogí una pluma, nunca me ha interesado nada que no fuera ser una fiel y humilde narradora de mi memoria. Me he fiado del instinto, y no creo que me haya fallado. De hecho, creo haber oído que, en las antiguas tragedias, el coro era el protagonista. Y haber leído que, en las comedias de Aristófanes, el protagonista era el pueblo. Así que el instinto me ha guiado y aconsejado bien.

Reflexionando ahora, y corrigiendo el borrador del libro, me parece amar y preferir esta novela sobre todo lo que he escrito con anterioridad. He escrito una novela coral, en la que todas contribuyen al desarrollo y cuya esencia reside en el grupo. Y no me arrepiento. En lugar de fabricar a una joven, he evocado a todas mis compañeras de juventud. En vez de construir una heroína, he rememorado tiempos pasados junto a mis amigas. Es una ilusión amarga y dulce a la vez, plasmada en este papel.

Con todo esto, pocos libros se habrán escrito con más amor, con más ternura y con más emoción que este. Mientras la velocidad impetuosa de mi pluma atravesaba estas páginas, vosotras atravesabais mi alma. Con la cara de ayer, con la voz de otro tiempo, queridas. Yo también tenía otra cara y otra voz mientras escribía. Aquellas *de entonces*. Lo ya cambiado tornaba a lo que un día fue. Lo perecedero se reanudaba. El dolor reía y la muerte hablaba. Después de que la vida os hubiera vapuleado dolorosamente, recobrabais la alegría primigenia. Y vosotras, las que estáis muertas, os materializabais vivas. Juntas vivimos la vida en este libro. Yo lo he escrito y yo os lo obsequio.

¡Dichosa la que, de entre vosotras, pueda leerlo sin derramar lágrimas!

Octubre de 1885

Matilde Serao

I

Cuando Maria Vitale abrió la puerta de su casa, sintió la brisa gélida de la mañana. Sus mejillas rosadas y rellenas palidecieron por el frío. Su cuerpo, de formas juvenilmente redondeadas, se estremeció bajo el ligero vestido de lana negra. Se arrebujó el chal de paño azul que hacía las veces de abrigo en torno al cuello y al pecho. En la plazuela dei Bianchi no había un alma. La tienda del herrero aún estaba cerrada. La imprenta del *Pungolo* tenía la persiana echada. Y los callejones de Montesanto, de Latilla, de los Pellegrini y del Espíritu Santo, que desembocaban en la plazoleta, estaban desiertos. Una nítida luz color ceniza se proyectaba en las viejas casas, en los cristales húmedos de escarcha y en los sucios callejones. Y el cielo tenía una claridad fría, el matiz metálico y puro de los amaneceres de invierno. Fue entonces cuando Maria Vitale, mientras caminaba, sobrecogida por el silencio y la soledad, fue asaltada por un vago desasosiego.

Pensó que, quizá, había salido demasiado temprano y, de la rabia, dio una patada al suelo. En casa no tenían reloj y tenía que estar en el trabajo a las siete menos cinco. Así, ya temprano, empezaba el tedio. La madre se despertaba muy temprano y le llamaba desde la otra habitación:

—¿Mariè?

—¿Mamá?

—Levántate, que ya es hora.

Ella se volvía a dormir, con la inclinación por el sueño de las jóvenes sanas y serenas. Cuando pasaban cinco minutos, la madre la llamaba otra vez, en voz más alta:

—Ya te he oído, mamá. Me estoy levantando.

Pero cuando, por segunda vez, el sueño abatía en su camastro a esta robusta joven, la madre callaba, derrotada. Y era entonces cuando intervenía el padre, el ebanista, con su voz grave:

—Mariettella, levántate. Si no, te toca pagar multa.

Era entonces cuando se decidía. Se levantaba de golpe, bostezando, sin atreverse siquiera a mirar la cama, por miedo a una recaída, al lado de su hermana Serafina. Caminaba despacio, en camisón y enaguas, para no despertar a sus dos hermanos pequeños, Carluccio y Gennarino, que dormían en la misma habitación, separados por una cortina. Se iba a lavar la cara a la cocina. En vez de café, que no tenían, comía la fruta sobrante de la cena del día anterior y un trozo de pan duro. Se vestía a toda prisa. A pesar de esta premura, había llegado al trabajo después de las siete unas cuatro o cinco veces, ya que no tenía reloj. La directora lo había apuntado en el registro y Maria Vitale había pagado una lira de multa. Solía pasar que, de las noventa liras de sueldo, entre las seis que retenía el Gobierno del impuesto de riqueza móvil[1], y otras dos o tres que se pagaban como multa, se reducía a ochenta con una facilidad pasmosa. Así, todas las mañanas, ya sufría una gran desazón. Y, a veces, salía demasiado temprano.

¿Qué hora será?, pensaba Maria Vitale con amargura, figurándose que sería muy temprano.

En la callejuela dei Bianchi, por la que se va a Toledo, se encontró con el vendedor de café ambulante, que llevaba su hornillo con las brasas ardiendo, y tres o cuatro tazas enhebradas en los dedos.

—Galantò, ¿qué hora es? —preguntó ella

—Las cinco y media, señorita. ¿Le apetece un cafecito?

---

1. Primer impuesto italiano sobre el rédito de la persona física, vigente desde el 1984 al 1973, y más adelante sustituido por el IRPEF (impuesto equivalente al IRPF español). *N. de la T.* Todas las notas son de la traductora.

—No tomo café, gracias.

Una hora, aún faltaba una hora. Había salido con una hora de adelanto. Caminaba, con lágrimas en los ojos del disgusto, pensando en ese precioso tiempo de sueño perdido. Una rabia inocente y pueril le trepaba desde el corazón a los labios, como si se hubiera cometido una gran injusticia contra ella. Como cuando, de pequeña, le pegaban por algo que no era culpa suya. ¿Qué hacer durante esa hora? De buena gana se hubiera vuelto a casa a echarse otra vez en su cama calentita, con la mejilla hundida en la almohada y los brazos abrazando su cintura. Ahora ya no había remedio. Había salido demasiado temprano, no recobraría esa valiosa hora de sueño perdida. ¿A dónde ir? La corriente helada le resultaba molesta, arrojándole a la cara el polvo, aún sin limpiar, de la calle Toledo. No podía pasear sola a esas horas, como las locas, entre vendedores de fruta, que se dirigían desde los huertos al centro de Nápoles, y los carros de barrido, que zigzagueaban de manera siniestra por el pavimento empedrado. ¿Ir a buscar a Assunta Capparelli, que vivía en los Ventaglieri? Assunta hacía turno de tarde y ese día no tenía que madrugar. Así que —qué suerte la suya— estaría profundamente dormida. ¿Ir a buscar a Caterina Borrelli, que vivía en

Pignasecca? Mala idea. Caterina Borrelli era una dormilona incorregible. Se levantaba a las siete menos cuarto, se vestía en seis minutos y llegaba a la oficina corriendo, riendo y bostezando, con el sombrero dado la vuelta, la trenza deshaciéndosele y la corbata del revés, y respondía «¡presente!», con prontitud, cuando pasaban lista. Todas y cada una de ellas, afortunadas, aún dormían. Cierta amargura se propagaba por el buen corazón de Maria Vitale. Sentía que estaba sola en este vasto mundo, condenada a dormir poco y a tener frío y sueño siempre, mientras todas las demás dormían calentitas, en la intensa y profunda felicidad del descanso. Y la amargura era también sentimiento de abandono, de pena por la miseria y de aflicción pueril. Agachando la cabeza, como si se persignara, y conducida por la inercia, entró en la iglesia del Espíritu Santo, en busca de refugio y consuelo.

De inmediato, aquella penumbra sagrada y aquel aire ligero y húmedo, sin ser frío, le aliviaron. Se sentó en uno de los bancos de madera pintada, el que usan los pobres que no pueden permitirse una silla de paja, y apoyó su cabeza en el respaldo del banco de la siguiente fila. Se puso a rezar en silencio, recitando un *Gloria*, tres *Padre Nuestro*, tres *Ave María* y tres *Réquiem*, como está estipulado cuando se entra en la iglesia de casualidad y no hay oficio santo. Después, encomendó a Dios el alma de su abuela, que había muerto el año anterior, y la salud de su madre y de su padre. Nombró a sus hermanos y hermanas, a su padrino, a sus superiores, a los viajeros del mar en tempestad y a las almas desamparadas. No pedía nada para sí misma. En ese entumecimiento físico, no experimentaba ningún deseo espiritual o personal: en el fondo de su alma, nada le parecía imprescindible. En su aturdimiento, solo habría rogado a la Virgen que le concediera despertarse más tarde. Aunque solo fuera hasta las nueve, dicha extraordinaria de la que nunca había gozado. Lo único que experimentaba era una somnolencia insistente que descendía por su cabeza, y que se extendía, paulatinamente, desde la nuca al resto de su cuerpo. Se quedó dormida, con la cara entre las manos y el pelo desparramado por la frente, las piernas inmóviles y el torso penosamente torcido. Oía al sacristán ir y venir, apartar las sillas, barrer el suelo de mármol, integrándolo todo en su sueño. Sin previo aviso, una voz le susurró al oído:

—Vitale, ¿estás durmiendo o llorando?

—Aquí estoy, mamá —balbuceó Maria, despertándose.

Giulietta Scarano, una chica con una bonita melena castaña y una cabeza pequeña sobre un cuerpo rollizo, de ojos claros e inmóviles, sonreía afablemente a su lado, mientras miraba al altar mayor, en el que el Espíritu Santo resplandecía con una aureola dorada.

—Me he quedado traspuesta. ¿Tú también has salido antes de la hora?

—No, salgo temprano porque tengo que venir a pie, desde Capodimonte. Siempre entro en la iglesia al pasar.

—¿Vamos?

—Sí, claro. Ya es la hora.

Se pusieron en marcha. María Vitale, completamente entumecida, con el frío en el cuerpo y un hormigueo que le recorría las piernas. Giulia Scarano andaba como una sonámbula, sin decir palabra.

—¿Qué te pasa? —preguntó María.

—Nada —contestó la otra, con la tristeza de una voz joven a la que el llanto ha tenido en vela.

—¿Otra vez Mimì? —insistió María, dándoselas de experta, como si fuera inmune a ese tipo de cuestiones.

—Otra vez Mimì.

—Te va a costar la salud, Scarano.

—Ojalá.

—No digas esas cosas tan feas. ¡Qué malo es el amor! Por eso nunca me ha interesado.

—Ya, siempre decimos eso cuando no nos gusta nadie. Es que Mimì está enfermo, no lo puedo ver y me muero por dentro — estalló, no pudiendo ya contenerse.

—Pobre. Esperemos que no sea nada — murmuró María, que se afligía con poco.

Mientras descendían por la calle de Monteoliveto, Giulietta Scarano, abducida por la tristeza a causa del ser amado, y Maria Vitale, con la cabeza gacha ante las miserias humanas, llegaron a la fuente. Maria Vitale no tenía una inteligencia tan brillante como Caterina Borrelli, que siempre estaba escribiendo novelas en un cuaderno muy grueso. Tampoco sabía componer versos como Pasqualina Morra. Lo que sí sabía era que el amor era un padecimiento constante.

—No puedo verlo —repitió, de nuevo, Giulia Scarano.

—¿Por qué no le escribes una carta?

—Ya le he escrito tres. La de ayer era de cuatro folios, pero no sé cómo hacérselas llegar. Mi madre ha echado a Carolina, la asistenta que tanto me quería y me ayudaba.

—Mándalas.

—No tengo dinero para los sellos. Y me da vergüenza enviarlas sin sello. ¿Tú crees que la Galante, la asistenta del trabajo, me echaría una mano?

Estaban frente al palacio Gravina. Era un edificio austero, de color gris ceniza, hecho en travertino antiguo y con una arquitectura muy sencilla. Parecía, y era, muy antiguo. El interior de sus espaciosas paredes había sido testigo de hechos felices y trágicos. De celebraciones de amor y conspiraciones por ambición. De dulces afectos y feroces pasiones. Hoy en día, sus habitaciones exteriores de planta baja estaban herméticamente cerradas con barrotes. Bajo el pórtico, dentro del patio, abría al público como oficina de correos. Alrededor de sus amplios y largos ventanales, en la parte alta de las esquinas de sus oscuras paredes, habían brotado, verticalmente, una especie de setas blancas. Estas setas eran los aisladores telegráficos de porcelana. De ellos salían todos aquellos finísimos hilos. Diez o doce de un lado. Tres de otro. Cuatro o cinco de un tercero. Formaban un tejido vivo que se desplegaba por el mundo. En el balcón central, detrás del amplio escudo de metal, donde se podía leer «Telégrafos del Estado», un hombre fumaba apoyado en la barandilla, contemplando el cielo de la mañana.

—¿Quién es ese? —dijo Maria Vitale.

—Es Ignazio Montanaro. Habrá estado de guardia esta noche.

Por la amplia escalinata, Cristina Juliano las alcanzó y saludó, pasando de largo. Parecía un hombre poco agraciado disfrazado de mujer. Tenía el cuerpo grande y descompensado, con la espalda demasiado ancha, el tronco demasiado largo y una ausencia total de caderas. Las manos grandes, las muñecas huesudas y los pies como barcos. Aún llevaba el sombrero de paja de verano inclinado sobre la cara para mitigar el espanto que producía su ojo bizco, blanco y espeluznante. Y también para lucir dos abundantes y gruesas trenzas de pelo negro, una profusión desbordante de cabello que, por su peso, le oprimía la cabeza por detrás.

—Juliano me cae fatal —dijo la Vitale.

—Pero no es mala —dijo la Scarano, con la bondad de los corazones enamorados.

En el descansillo, les alcanzó y les se unió Adelina Markò.

—Qué frío —dijo con voz suave y encantadora.

Se alisaba, con la punta de los dedos, el pelo rubísimo y ondulado, que se había despeinado con el viento. Viento que, también, había pigmentado con una mayor intensidad su boca de labios delicadamente elevados en las comisuras. Y había coloreado graciosamente su trigueña y fina tez de rubia. Su agraciada y esbelta figura de muchacha de dieciocho años se resguardada bajo un abrigado y elegante vestido de paño verde oscuro. El sombrero de fieltro verde exhibía, erguida, una pluma blanca que le daba aspecto de joven amazona, de dama inglesa que pertenece a la aristocracia, lista para montar a caballo en cualquier momento. Adelina Markò no era pobre ni ignorante; era una, de entre las dos o tres afortunadas, que trabajaba solo para poder comprarse ropa o encargar el ajuar. Cuando Adelina Markò entraba con su sonrisa llena de bondad y su paso acompasado, luciendo sus lujosas y refinadas prendas, sus estrafalarios sombreros y sus exquisitos perfumes, parecía una joven duquesa que se hubiera dignado a visitar una oficina. Una infanta de la realeza, caritativa y humanitaria, que se complaciera pasando el día entre los humildes trabajadores del telégrafo.

Seguían hablando del frío delante de la puerta blanca que decía «Sección femenina». Llegó para abrirla Gaetanina Galante, la asistenta, mostrando un rostro anguloso y oliváceo, de zorra maliciosa.

—¿Ha llegado ya la directora? —preguntaron, casi a coro, las tres trabajadoras mientras entraban.

—¡Qué va! Todavía está en misa —respondió esta, riendo cínicamente con el descaro de una sirvienta consentida.

Respiraron aliviadas. Siempre era mejor llegar antes que la directora para demostrar esmero y dedicación al trabajo. Cuando entraban en aquella antesala tétrica, la burocracia robaba el alma de todas esas muchachas y el lenguaje de la profesión, ortopédico y lleno de tecnicismos, afloraba en sus labios. La que había llegado, la que se había sentado o la que iba hacia la ventana para recibir algo de luz, hablaban de líneas, averías o interferencias en las comunicaciones directas. La sala, amplía y sombría, producía en ellas un comportamiento instintivo que les hacía bajar la voz. La única ventana que había daba al estrecho callejón de los Carrozzieri. La oscuridad de la antesala estaba presidida por un gran armario, dividido en varias taquillas, donde las auxiliares guardaban los sombreros, los paraguas y las capas. Las más pobres guardaban la comida, que traían de casa. Las menos pobres, el bordado o el ganchillo. Las más estudiosas o románticas, cuadernos. En medio de la gran sala, había una mesa grande de caoba y, junto a la pared, un sofá de lona. No había ningún otro mueble. En los espacios libres de las paredes, colgados en finos marcos de madera negra sin acristalar, se encontraba el índice alfabético de las trabajadoras fijas y de las trabajadoras por días, el reglamento interno, la última circular de la dirección y un mapa geográfico y telegráfico de Italia. Nadie leía ya esos impresos polvorientos, manchados hasta por las moscas. Lo que atraía el interés de todas era el papel que iba de mano en mano, y que determinaba si, ese día, se les asignaba una línea concreta. La directora escribía con su caligrafía redondeada y llena de florituras, en una columna, el número que correspondía a cada línea y el nombre de la telegrafista que trabajaría en ella ese día, en su turno de siete horas. Lo primero que todas hacían, al entrar, era buscar esa hoja con avidez, mientras se quitaban el sombrero y se desabrochaban el abrigo. Y, dado que había líneas buenas y líneas malas, líneas con poca carga de trabajo y líneas con mucha, líneas para las que necesitabas armarte de paciencia y líneas donde tener un gran destreza era obligado, las réplicas no se hacían esperar.

—Es verdad que soy negada y todavía no sé recibir las transmisiones —murmuraba Maria Vitale—, pero no hay quien aguante estar día sí, día no, en Castellamare. Si llego a cincuenta telegramas al día, ya es mucho. A este ritmo, no voy a aprender en la vida.

—¿Y no lo agradeces? —le decía Emma Torelli, una chica rubia, alta y pálida, con un marcado acento piamontés—. A mí me gustaría ser como tú y no saber hacerlo. Hoy me ha tocado Salerno, la línea del horror. Es sábado y tendrán billetes de lotería que hayan jugado en Nápoles. Como poco, ciento ochenta telegramas. Me da dolor de cabeza solo pensarlo. ¡Ya verás las discusiones que me esperan con el operador si no es impecable en su trabajo!

—¿Pero cómo se le ocurre a la directora darme Avellino? —exclamaba Ida Torelli, la otra hermana—. No soporto al operador, es un carcamal. Imagínate, Markò. Es una momia de setenta años, que rechaza la sección femenina. Lo llamas y no responde. Después de una hora, te llama él, con prisas, y te monta un escándalo. Cada vez que oso hablar, me interrumpe. Por cada telegrama, pide explicaciones. Es irascible, cerril y maleducado. Una línea envidiable.

—A mí me ha tocado Génova —respondió la Markò con una cadencia cantada—, que no es, lo que llamaríamos, fácil. Recorre tanta distancia que la pila nunca es suficiente. La corriente es muy variable, tan pronto es tan fuerte que fusiona y mezcla todas las señales, como tan débil que las señales no llegan. Cuando llamas al operador, él no te oye a ti. Te llama él y eres tú la que no le oye. Si llega a funcionar diez minutos seguidos, ya se te ha concedido una tregua. Pero al undécimo minuto, vuelve a no funcionar. Y los telegramas se acumulan. Tiene un retraso constante de tres horas.

Las más disgustadas eran las *hughistas*. Eran las teleoperadoras más capacitadas, que habían aprendido a trabajar con la impresora telegráfica de Hughes. Máquina compleja que recordaba a un clavecín barroco y en la que se trabajaba por parejas. Ambas telegrafistas necesitaban destreza y precisión. La directora nunca ponía a trabajar juntas a dos amigas para evitar charlas innecesarias. Ponía siempre a una trabajadora hábil con una que lo fuera menos para que no tuvieran afinidad. Una despreciaba a su compañera y la otra notaba ese desprecio. Estas trabajadoras prisioneras, obligadas a trabajar de esta manera, no se quejaban en voz alta la una de la otra, sino que cada una se quedaba en un rinconcito, de morros, sin ni siquiera dirigirle la palabra o la vista a la otra. María Morra repasaba el papel de Paolina en *I nostri Buoni Villici*, que tenía que recitar como actriz *amateur* en el teatro de San Ferdinando. A su compañera, Sofia Magliano, una muchacha morena de largo rostro caprino, no le pasaba por alto la ofensa, mientras hacía, a su vez, una estrella de ganchillo. Serafina Casale, pequeña, huraña, orgullosa, pálida y reservada, tomaba citrato de hierro en una oblea mojada para curar la anemia que la consumía. Y el bello rostro, redondeado, de Annina Pescara se mostraba azorado por tener que trabajar con la insoportable de Serafina Casale.

En un ángulo ciego, Giulietta Scarano rogaba y suplicaba a la asistenta, Gaetanina Galante. Le pedía, *por favor y por lo que más quisiera*, que encargara a alguien entregar su carta a Mimì. La Galante se negaba, aduciendo que no quería inmiscuirse en esos asuntos, que ya bastantes disgustos le habían dado en el pasado. Que las trabajadoras eran muy desagradecidas y que ella, la asistenta, valía más que muchas que iban con la cabeza muy alta porque su puesto de trabajo era con las máquinas y, al final, acababan humillándose frente al servicio para pedir ciertos favores. Giulietta Scarano palidecía e, incluso, le temblaba la voz, en presencia de esa asistenta que le torturaba con contestaciones ofensivas, ahogada con un torrente de menosprecios frívolos. Llegó incluso a besarle la mano, suplicante.

De repente, por encima de las voces de indignación, quejumbrosas e impregnadas de desgana, por encima de los desahogos de resentimientos amorosos y de envidias laborales, se impuso el silencio. Entraba la directora. Inmediatamente y al unísono, en tonos descendentes, más bajas, más altas, agudas, lentas, con prisas o a destiempo, se oyeron las siguientes palabras.

—Buenos días, directora.

Ella saludaba con la cabeza, dibujando una sonrisa amable con sus labios de color rosa pálido. Su cabello fino color rubio ceniza estaba peinado hacia atrás, de manera precisa, sin un solo pelo fuera de su sitio. Su rostro tenía un gordura blanda. Tenía la blancura de marfil de las solteras treintañeras que han vivido en un monasterio o en un internado, castas no por obligación sino por una inclinación natural y falta de deseo. Si observabas con atención, en toda ella había rasgos de clausura: en la ropa de cachemir negro, en el cuello blanco, en su recato al andar, en el tono bajo de su voz, en la suavidad de sus manos, que parecía que existiesen solo para entrelazarse en el rezo, en la pureza inexpresiva de sus ojos grises y en determinados movimientos de la cabeza cuando pensaba. Se quitaba los guantes y la capa, tranquilamente, y observaba a las muchachas, percatándose de que Ida Torelli, en contra de su costumbre, llevaba corsé, de que

Peppina de Notaris portaba un anillo de hombre en el meñique y de que Olivia Faraone se había excedido con el polvo de arroz en la cara. Las trabajadoras se comportaban con naturalidad, pero se daban perfecta cuenta de que estaban siendo observadas, y no podían evitar sentirse incómodas. La directora fue la primera en entrar a la sala de máquinas y sentarse en su puesto, tras el escritorio. Se puso a escribir despacio en algunos de sus libros de registro, con la cabeza inclinada, como si fuera una niña haciendo los deberes.

—Se avecina tormenta en dirección a... —dijo Caterina Borrelli, que era la miope más insolente del mundo, mientras se recolocaba las gafas sobre su nariz chata.

Las trabajadoras estaban a sus cosas, en la antesala, dado que aún eran las siete menos cinco. El timbre automático sonaba cada minuto y siempre sobresaltaba a alguien. Estaba Peppina Sanna, delgada y esbelta, con pinta de inglesa, que llevaba un vestido a cuadros blancos y negros, botines de punta cuadrada y sin tacón, una gran toquilla azul que cubría sombrero y cabeza, paraguas de lluvia, bolso negro de piel y un volumen de la editorial Tauchnitz siempre bajo el brazo. Estaba María Immacolata Concetta Santaniello, una muchacha pálida, gorda y robusta, que se balanceaba como un ganso al caminar, objeto de burlas y llena de reparos religiosos. Tanto era así que, antes de mandar un telegrama, pronunciaba el nombre de Jesús y la Virgen. Estaba Annina Caracciolo, muy morena, con pelo negro y rizado, labios rojos entreabiertos, como si fueran un clavel, ojos grandes y lánguidos, y con los andares indiferentes de una criolla. Se permitía trabajar a desgana, sin que ninguna regañina o aliciente pudiera motivarla. Se charlaba en grupitos de dos o tres personas, mirando siempre de reojo a la directora, a la que veían escribiendo como si fuera una alumna de caligrafía. En cuanto oía una voz demasiado alta o una risa demasiado fuerte, alzaba la cabeza y chistaba:

—Sssssssh...

Después, el sonido del timbre y la voz nítida de la directora:

— Señoritas, a trabajar.

En silencio, fueron pasando por delante de su escritorio y se dirigieron a las máquinas. En el momento álgido de luz en el salón, iluminado por tres ventanas, se veían las caras adormiladas de aquellas que no habían descansado lo suficiente, las caras apagadas de aquellas particularmente sensibles al frío y las caras pálidas de las que tenían peor salud. Y, de todas ellas, emanaba una energía de resignación sosegada, de tedio desganado y de apatía casi serena. Empezaban su jornada laboral, sin risas, trabajando todas ellas de manera automática, en las primeras máquinas. Todas estaban inclinadas sobre los equipos. Había quien desatornillaba el estilete de acero que grababa las señales, mientras que otras reponían los rollos de papel. Algunas recargaban la tinta de la bobina con un pincel, y otras verificaban el correcto funcionamiento del manipulador.

Más tarde, en la quietud matutina, se ponía en marcha el repiqueteo de las palancas y, a cada rato, se oían de forma monótona estas frases:

—Directora, Caserta no responde.

—Directora, todo correcto con Aquila.

—Directora, como de costumbre, Génova necesita un refuerzo en el suministro de pila.

—Directora, Benevento quiere saber la hora exacta.

—Directora, Otranto nos manda un telegrama de cuatrocientas palabra, en inglés.

—Directora, Salerno dice que hay una avería en la línea de Potenza.

En ese momento, el sol de invierno entraba en la sala. Y ninguna alzaba la cabeza para mirar la tenue estela de luz que se filtraba a través de las ventanas.

II

Inesperadamente, en medio del silencio de las máquinas, que parecían dormir, en ese reposo del mediodía propio de los días de fiesta, se dejó oír una suave señal telegráfica. Nadie la escuchó. Las pocas trabajadoras penosamente condenadas a asistir al puesto de trabajo, de las dos y media a las nueve de la víspera de Navidad, se dedicaban a otros menesteres. Maria Concetta Immacolata Santaniello, con las manos entrelazadas en el regazo, escondidas dentro del uniforme del trabajo, rezaba el rosario en silencio. Pasqualina Morra, la poetisa, leía un volumen de versos de Pietro Paolo Parzanese, libro expresamente autorizado por la directora. Giulietta Scarano escribía con rapidez en un folio de papel de telegrama. Adelina Markò, con las manos resguardadas en un manguito y una reducida prenda de piel echada al cuello, se amodorraba. Annina Caracciolo, la indolente, miraba al infinito. Su inclinación a la distracción siempre había sido de gran ayuda a la hora de eludir el trabajo. Las demás dormitaban, charlaban en voz baja con la compañera de al lado o fingían no haber oído nada, para poder seguir justo donde estaban. Pero la señal se volvió a oír, esta vez con una mayor intensidad. El origen era una máquina solitaria, en un rincón de la mesa. Concetta Santianello dejó a medias un *misterio doloroso* y dijo, en tono de plegaria:

—Están intentando contactar desde Foggia.

Y ni se inmutó. Ella no trabajaba para nadie ni movía un dedo sin que la directora se lo mandase, con el egoísmo sosegado de una beata quisquillosa. Y, dado que la llamada se iba haciendo cada vez más insistente, *las trabajadoras*, por llamarlas de alguna manera, y con intención de interrumpir aquel silencio incómodo, repitieron:

—Está contactando Foggia. ¿Quién se encarga de Foggia? ¿Quién es la responsable de responder a esa línea?

—Tranquilidad, que ya voy —dijo Annina Pescara, corriendo desde la antesala a la máquina de Foggia—. Una pesadilla, Foggia.

Y se puso a recibir la señal, sosteniendo la tira de papel en alto, con dos dedos de la mano izquierda, y escribiendo el telegrama para Nápoles en una hoja en blanco. Después de las primeras palabras, llamó a su amiguísima del alma.

—Borrelli, ven.

La Borrelli dobló un periódico literario que estaba leyendo a escondidas, *La Farfalla*, y lo echó al bolso. Se recolocó las gafas sobre la nariz, con el característico movimiento instintivo de los miopes, y corrió al encuentro de su amiga. La Borrelli también se puso a leer el mensaje atentamente:

—¡Menudo bobo! —exclamó de repente.

—Perdona, pero a mí no me parece un bobo. Quiere mucho a su chica —respondió Annina Pescara a lo que había sido una ofensa a su idea del amor.

—Sí, pero no es necesario humillarse —le rebatió la Borrelli, dándoselas de experta.

El telegrama amoroso no había acabado ahí. Estaba compuesto de cincuenta y nueve palabras, procedía de Cascalenda y estaba dirigido a una tal Maria Talamo de Nápoles, en la Riviera di Chiaia. Era un telegrama muy tierno. El chico le declaraba su amor en aquel día de fiesta en familia, quejándose de la soledad que sufría y a la que no encontraba consuelo, mandando un mensaje cariñoso a la persona amada. Juraba que nada lo haría renunciar a ese amor, ni la guerra de los hombres, ni la adversidad del destino, ni siquiera su propio rechazo, el de su mujer amada. También lo estaban leyendo Maria Morra, que se había unido, y Peppina Sanna, que se acercó a ellas cuando pasaba y vio la comitiva. Y, por supuesto, Caterina Borrelli y Annina Pescara, que era la que estaba recibiendo la señal desde el principio.

—¡Cuánta palabrería! — exclamó la Borrelli.

—¿Y lo mandan desde Cascalenda? —preguntó De Notaris, mientras se acercaba.

—Sí, claro —le respondieron.

—Ah, el de siempre. Manda uno casi todos los días. También me han llegado a mí— dijo De Notaris.

—Es el típico sensiblero —gritó Ida Torelli desde donde estaba—. Yo también lo quiero leer.

Estaban haciendo corrillo diez chicas, reunidas alrededor de la máquina de Foggia. Annina Pescara, erigida, con orgullo, sobre la silla de tela y leyendo *para las presentes*, repetía en voz alta, con entonación solemne, aquellas palabras de amor. Las chicas la escuchaban con mucho interés. Ida Torelli, que era bastante descreída, reía con sorna. Caterina Borrelli, antirromántica, se encogía de hombros, como si le generaran rechazo tanta cursilería. Pero todas las otras estaban enternecidas por esa pasional prosa telegráfica. El remitente era un viudo con dos hijos, demasiado viejo para ella. Tanto que sus padres no hubieran permitido jamás que se casara con él. Y se regodeaba en el sufrimiento de ese amor, en el que hablarle o escribirle estaba vetado. Peppina Sanna pensaba en su apuesto oficial de la marina, con su bigote rubio y pelo rizado. En esos momentos estaría surcando las aguas de Japón y no volvería antes de dos años. Maria Morra, la aficionada al teatro, estaba fielmente enamorada de un asalariado desde hacía cinco años. Estaba esperando a obtener un ascenso para poder casarse con ella y, en la espera, se conformaba con recitar *La Celeste* de Marenco juntos, y la farsa, *Una ducha fría*. Annina Pescara, al recibir el telegrama completo, pensó en su estudiante de derecho de segundo año, que aún tenía que estudiar otros dos para graduarse. Y aun faltarían tres años para el título de procurador. Y esperar, otros cuatro o cinco años, para que consiguiera clientela, o ejercer como juez de Primera Instancia en algún pueblecito de Basilicata. Estos humildes, honestos y fervientes amores brotaban de esos jóvenes corazones en ese día de celebración que estaban obligadas a pasar en una sala llena de máquinas. Lejos de sus seres queridos y lejos de los sencillos deleites familiares. Pero, de improviso, los debates se disiparon. La directora había vuelto de la otra sala de máquinas, donde estaba poniendo algunos temas en común con el supervisor de la sección masculina.

—¿Qué significa este alboroto, señoritas? Todo el mundo a su puesto, está prohibido abandonar las máquinas. Torelli, váyase, Nápoles-Chiaia le está llamando. ¡Y usted aquí de cháchara! ¿Ha acabado de copiar el registro que le he dado, Sanna? De Notaris, hay un telegrama para Potenza. Mándelo. ¿También usted deja desatendido su puesto, Markò? ¡Lo que les gusta conspirar!

—Directora, había un telegrama —dijo Caterina Borrelli, haciendo gala de su indiscreción.

—¿De qué telegrama habla?

La directora lo lo desplegó ante Annina Pescara y lo leyó. Las trabajadoras, que habían vuelto a su puesto abochornadas, la miraban para ver qué expresión se dibujaba en su cara de mojigata al leer el contenido del telegrama de amor. Pero ella no le dio mayor importancia. Se dio la vuelta y echó el telegrama en el buzón de la puerta que separaba la sección masculina de la femenina. Al volver, se plantó en medio de la sala y dijo seriamente:

—Pensaba que dirigía un oficio de muchachas serias y trabajadoras diligentes capaces de dejar fuera de este lugar el atolondramiento y la imprudencia juvenil. Ya veo que me estaba engañando a mí misma. Ya veo que se distraen con el vuelo de una mosca, les llama la atención cualquier tontería y, a la mínima, abandonan su puesto de trabajo. Si no maduran, no les irá bien. Recuerden, señoritas, que no pueden revelar nada de lo que aquí llega. Y que han jurado secreto telegráfico. La forma más fiable de conseguirlo es que no les importe ningún asunto personal de cuantos se mandan. Creo que queda claro para la próxima vez.

Hubo un silencio sepulcral en el que ninguna se atrevió a decir palabra. Había hablado sosegadamente y sin alterarse, sin mirar a la cara de nadie, con la mirada baja. No era severa, pero sí tenía un gran sentido de la responsabilidad. Y convivía con la preocupación constante de que su sección le hiciera quedar mal ante un superior. Había un mutismo tenso e incómodo. Todas reflexionaban en lugar de encargarse de sus tareas, como si estuvieran embotadas. Solo se oía la palanca de De Notaris, que estaba transmitiendo a Potenza las palabras de un telegrama.

—¿Qué hora es? —preguntó De Notaris.

—Las 17:30 —murmuró en bajo Clemenza Achard, su vecina.

Y después:

—¡Las 17:31! —gritó Ida Torelli.

—Gracias —dijo De Notaris, y señaló la hora de su telegrama.

Así pues, eran las cinco y media. Era ya de noche desde hacía media hora. Y, sin embargo, aún faltaban tres horas y media para que fueran las nueve. Habían encendido las lámparas de gas pero, dado que no había trabajo, la directora ordenó que bajaran la llama. El director fomentaba siempre el ahorro de consumo. En esa penumbra, apenas se podía leer o hacer ganchillo. La sombra de las máquinas se perfilaba de una manera singular sobre las mesas, la bobina que desenrollaba el papel, el pequeño brazo móvil de acero y la llave que le daba cuerda, que daba la impresión de ser la empuñadura de una espada. Alguna parte iluminada aquí y allá: la campana de vidrio que protegía el pequeño pararrayos, una palanca del manipulador, los pendientes en cascada de Olimpia Faraone o los alfileres, con cabeza negra, que recogían el pelo rubio de Ida Torelli. Silencio absoluto. No se podía ni escribir, ni leer, ni bordar. Las muchachas cavilaban.

—¿Y qué era lo que Napoli-Chiaia quería de usted, Torrelli? —preguntó la directora desde su sitio.

—Nada de importancia, directora. Solo asuntos cotidianos.

—¿Le han vuelto a hablar?

—Sí, ha dicho que era Navidad y que se aburría.

—Espero que haya marcado bien los límites.

—No respondí, directora.

—Perfecto.

Las conversaciones sobre las líneas, salvo cosas que lo requerían por trabajo, estaban terminantemente prohibidas. Había cierta tolerancia a los retrasos, errores o falta de habilidad; para revelar el contenido de una la comunicación entre telégrafos no, bajo ningún concepto. Quien hablaba y era sorprendida en el acto, primero era castigada con una amonestación y luego con la censura, una pena gravísima. La dirección emitía una comunicación escrita a la trabajadora para advertirle sobre la reincidencia. Y, sin embargo, esta era la infracción más frecuente, ejecutada con el mayor deleite, por ser la más arriesgada. De hecho, incluso en ese silencio y bajo esa oscuridad, muy bajito, Annina Pescara estaba hablando con el operador de Foggia. Este, justo después de haber enviado el telegrama amoroso, había dicho:

—Menudos memos nos toca aguantar.

Y Annina Pescara, rápidamente, respondió que a ella no le molestaba «aguantar memos», que el amor era algo muy bello. El operador respondió que el amor hace infelices a tres cuartas partes de la humanidad. La discusión sobre el amor estaba en plena efervescencia. Annina Pescara, que adivinaba las palabras del operador *de oído,* solo con el sonido que hace el estilete que plasma los caracteres, sin necesidad de usar papel. Y para no dejarse descubrir, al responder, por el ruido de la palanca del pulsador, le había apretado a conciencia las tuercas, para que no resonara. Tragada por la sombra, con la espalda apoyada en la silla, parecía que estaba durmiendo con la mano, blanca e inmóvil, estirada sobre la palanca. Sus amigas y compañeras sabían lo que estaba haciendo, por haberlo hecho también ellas en otras ocasiones. Pero, ¿quién se hubiera atrevido a delatarla? Al otro lado, también Olimpia Faraone, como ya era costumbre, hablaba con Reggio. Pero de manera más indiscreta y torpe. Dejaba salir el papel, cortando trozo a trozo, y guardándoselos en el bolso. Desde hacía veinte días, hablaba a diario con el mismo operador de Calabria, que ya le había escrito cartitas románticas. Los días de fiesta parecían hechos especialmente para la correspondencia prohibida. Los empleados se aburrían en sus oficinas solitarias, sin trabajo, y se dejaban llevar por las ganas de cháchara. Las muchachas se aburrían en la misma medida y el hecho de hablar con un desconocido, y a tanta distancia, alimentaba su imaginación. Esto pasaba de manera clandestina, pero en la cara de la pecadora se dejaba ver la satisfacción de realizar una maña.

—¿Pescara? —llamó la directora

—¿Sí?— titubeó ella, asustada, apoyando la mano en la palanca con fuerza, para acallar la vibración.

—¿Está dormida?

—No, directora.

—Pregunte a Foggia si le hace falta algo.

Annina Pescara sonrió desde la penumbra. Después de un minuto, de manera automática:

—No necesitan nada, directora.

Pero Caterina Borrelli, que tenía, de manera natural, la malicia a flor de piel, dijo a Olimpia Faraone:

—Faraone, pregunta tu también a Reggio si les hace falta algo.

Y Faraone, sin inmutarse y arrastrando la voz:

—¡Estamos al día con Reggio! No tienen nada para nosotras.

La directora no se enteraba de estas cosas. Estaba escribiendo una carta a una vieja amiga de la escuela, que en ese momento ejercía como maestra rural en un pequeño pueblo de Molise. Le deseaba una feliz Nochevieja, rememorando los viejos tiempos del internado, y diciéndole que se alegraba por su trabajo. También era una carta nostálgica. Ella, infeliz, sufría la misma desdicha que las muchachas. Congregadas el día de Navidad para no hacer nada, en una gran sala en penumbra y delante de máquinas en silencio. Y mientras, sus familiares y amigos más allegados se reunían para comer, jugar a la lotería y prepararse para el baile, en familia. Ella misma, que ya no tenía a nadie y estaba sola en el mundo, era presa de la nostalgia del hogar y de los seres queridos. Alzaba la cabeza para mirar a todas esas chicas inmóviles. Unas dormitaban. Otras tenían apoyada la frente en la mano. Algunas parloteaban con la de al lado en voz baja. No quería regañarles, experimentando la melancolía de aquellas largas y frías horas que estaban consumiendo su juventud. No quería regañarles, sino que lo que de verdad le nacía, de corazón, era una profunda piedad hacia ellas y hacia sí misma.

Maria Vitale estornudó dos veces:

—Jesús —le dijo en voz muy baja Clemenza Achard.

—Gracias —se sonó con fuerza la nariz—. Tú también estás por aquí hoy. No te había visto. Pensaba que te tocaba el otro turno.

—Se lo he cambiado a Serafina Casale que, al ser Navidad, prefería venir por la mañana.

—¿Y te has sacrificado por ella?

—No es un sacrificio.

Era una chica muy dulce, delgada, feúcha, menuda y tímida. Apenas sabía cómo realizar el trabajo y nunca protestaba cuando le tocaban las peores líneas. Dotada de una paciencia de ángel, jamás se quejaba ni alzaba la voz, queriendo pasar inadvertida siempre que tenía ocasión. Tenía, de manera innata, detalles con sus amigas. Llevaba un patrón de tela de zapatillas para una, una revista de moda para otra, una novela para una tercera y una partitura musical para la cuarta. Intercambiaba su puesto por una línea que daba problemas a una compañera alterada que estaba al límite. Se mostraba siempre dispuesta a cambiar el turno a otra y a permanecer dos o tres horas más en el turno por una compañera. E, incluso, a ceder el día de fiesta que le tocaba cada dos meses a alguien que se lo pidiera. Incluso dejaba su paraguas y se iba a casa mojándose bajo la lluvia, o prestaba su chal, mientras se marchaba temblando de frío. Todo esto de manera discreta, con una bondad silenciosa y un talante tan afectuoso que las compañeras ya ni siquiera reparaban en ello. Lo que sí sabían es que bastaba con pedirlo para recibir de ella cualquiera de esos sacrificios:

—Achard, por favor, necesito que me ayudes.

Ella no se resistía, aceptaba sin titubear. A veces abusaban de ella, que era demasiado educada. De hecho, Serafina Casale, el día anterior, le había dicho:

—Achard, por favor, cédeme tu turno de mañana. Es Navidad y tenemos una gran cena en casa. Y después vamos al teatro. Tú seguro que no vas a ninguna parte y ni siquiera te gusta la Navidad. Cámbiame el turno.

Así pues, la dócil muchacha no se atrevió a responder que Navidad le gustaba, y mucho, y que llevaba un mes pensando en ir a San Carlo esa noche. Hizo el favor que se le pedía sin ningún tipo de consideración. Cuando llegó a oídos de la directora, esta dijo:

—Pobre Achard, abusáis de ella.

Así, Clemenza Achard estaba ahí, al lado de Maria Vitale, que tenía la nariz congestionada y le lloraba un ojo a causa de un fuerte resfriado. Maria mostraba un malestar orgánico, tanto físico como anímico, dado que siquiera podía respirar y, aun así, tenía que estar en la oficina, en Navidad.

—Imagina, Achard, que casi no he tenido el tiempo ni de escuchar las tres misas de Navidad en la Iglesia dei Pellegrini. Después, hemos ido con mi madre, mi hermana y Gennarino a casa de mi madrina, que es panadera y maneja dinero. Nos ha ofrecido café, ¡y qué café! Pues en mi boca parecía veneno. Con este catarro, no noto los sabores. Y al acordarme de que tenía que venir a trabajar a las dos y media... He comido sola a la una y media, en una esquina de la mesa. Un plato escaso de macarrones y un trozo pequeño de estofado. Después, me he comido un *mostacciuolo,* que me había regalado mi madrina. Toda mi familia habrá comido, reunida, sobre las tres. Y, después, habrán ido al teatro, en Il Fondo representan *La figlia di madama Angot.* Qué suerte la suya que pueden divertirse. A las nueve, estarán ya en casa y se irán a dormir. A ellos sí que se les ha concedido el poder disfrutar de la Navidad.

—Si tu padre viene a por ti a las nueve, ¿por qué no le pides que te lleve al teatro?

—Sí, claro. A esa hora. Aunque quisiera, estoy tan cansada que lo único que puedo hacer es dormir. Achard, a mí siempre me ha gustado trabajar. También porque me permite llevar a casa algo de dinero. Y descargar a mi padre, que tiene asma por haberse matado a trabajar, para aliviar a mi madre, que ha perdido la salud por la maternidad. Pero esta vida es demasiado dura. Cuando todos están fuera disfrutando de las fiestas, nosotras estamos aquí en el trabajo. El Padre Eterno descansó al séptimo día y, sin embargo, nosotras no descansamos nunca. Si caemos enfermas y faltamos al trabajo, nos descuentan el jornal a final de mes, eso no se hace ni con los criados. Si faltamos por nuestra propia voluntad, además de no pagarnos, nos reprenden. Nosotras no conocemos lo que es Semana Santa, Navidad o carnaval. Nos dan ochenta y cuatro liras a final de mes... ¿Por todo este trabajo? No es nada. Esto es esclavitud.

—¿Por qué no te hiciste maestra? —preguntó Achard, tras un suspiro.

—Era demasiado bruta —dijo Maria, mientras bajaba la cabeza—. Cometía faltas de ortografía cuando hacía los deberes de lengua y no entendía nada de aritmética.

—¿Pues entonces, qué quieres? Tenemos que aprender a resignarnos. ¿Y no da lo mismo Navidad que cualquier otro día? Al fin y al cabo cada uno sufre por una cosa.

—También tú tendrás tus problemas, mi pobre Achard, ¿no? ¿Tu madrastra te atormenta?

—No, para nada —dijo ella rápidamente y con voz temblorosa—. Mi madrastra es una buena persona.

—¿Y no tenías un hermano militar?

—Sí, está en Pavia.

—¿Y le dieron permiso para venir?

—No, no se lo concedieron.

—También habrá pasado solo la Navidad, el pobre. ¿Sufres por él?

Clemenza Achard sacudió la cabeza queriendo decir que no, pero las lágrimas estaban ya descendiendo por sus mejillas, sin prisa alguna, y sin venir acompañadas de sollozos. Maria Vitale, viéndola llorar y contagiándose de la tristeza de su compañera, y también la propia, con dificultad para respirar por el resfriado, se puso a sollozar con fuerza.

—¿Qué pasa, Vitale? ¿Por qué lloran? —preguntó la directora.

—No nos pasa nada —farfulló Maria, entre sollozos, gimiendo, tosiendo y sonándose la nariz.

—¿Cómo qué nada? A ver, dígame, ¿qué pasa?

—Lloro porque estoy resfriada. Por eso —dijo ella con un enfado pueril.

—Pues qué afortunada eres al no tener otros motivos para llorar —murmuró Giulietta Scarano.

—Eres una niña grande, Vitale —intervino Annina Pescara—. Respira amoniaco para curarte.

—Para eso es mejor una buena taza de té —sugirió Peppina Sanna.

—Ni caso, Vitale —gritó Ida Torelli—. Esta noche tápate entera con las mantas e intenta sudar. Haciendo eso, mañana estarás curada.

—Vitale, reina, ni se te ocurra hacer nada de lo que te dicen —dijo Caterina Borrelli, riendo.

Hubo novedades en la oficina. La prefectura de Nápoles había enviado una circular a la oficina central, en la que se ordenaba a todos los prefectos y subprefectos del Reino secuestrar el número 358 del periódico *La Spira*, ya que incluía un artículo con el título: «La monarquía». El artículo comenzaba con las palabras «hasta cuándo». Y concluía con «en un mar de sangre». Atacaba el actual orden de las cosas, insultaba a las instituciones e incitaba al pueblo a llevar a cabo una rebelión. Sin previo aviso, subieron las llamas de las lámparas de gas y las palancas comenzaron a golpetear. Campobasso, Avellino, Cassino, Pozzuoli, Castellamare, Salerno, Caserta, Benevento, Reggio, Catanzaro, Aquila, Foggia, Bari, Boloña, Génova, Venecia, Ancona, Cosenza,

Casoria, Potenza, Sora, Otranto. Campobasso, Avellino, Cassino, Pozzuoli volvieron a sus puestos para recibir la circular del secuestro. Durante cinco o seis minutos, la oficina resucitó. Un repiqueteo de envíos se generalizaban en ambas salas, como un feliz resurgir de vida. Y después de un minuto de quietud y silencio, se oyó el ruido metálico de los estiletes. Los operadores contestaban y repetían cada detalle recibido a Nápoles, para confirmar. Los dígitos del telegrama, el título del periódico, su número, el título del artículo, las palabras con las que empezaba y acababa y, en resumidas cuentas, las cosas más importantes, para evitar errores. Alguna preguntó por la hora y se le respondió que las siete. Se volvieron a bajar las llamas, las auxiliares volvieron a sus puestos, retomando sus charlas o pensamientos donde los habían dejado. El operador de Catanzaro le dijo rápidamente a Maria Morra, tras el telegrama del secuestro:

—¿De verdad merecía la pena interrumpirnos por tan poca cosa?

—Estás de broma, ¿no? Quién sabe qué habrán escrito en ese artículo —respondió Maria Morra.

Debatieron sobre política: Maria Morra odiaba a los republicanos, los llamaba *miserables*. El operador era socialista. El operador de Cassino también despreciaba el contenido del telegrama. Le dijo a Clemenza Achard que, para poder responder rápido, tuvo que meterse entre pecho y espalda un vasito de licor y que ahora tosía como un condenado. Esto dejó muy confundida a Clemenza Achard, que no se atrevió a continuar con una conversación no permitida, pero sin querer tampoco ser grosera con el compañero por no responder. Sin saber qué hacer, dio un golpecito en una palanca, una única pulsación tímida. Y Cassino, dado que la conversación no seguía, calló.

Un largo y dulce silbido llegó a la sección femenina en ese momento, desde la plaza de Correos, donde ya se oían las primeras detonaciones de los fuegos artificiales y petardos de Navidad. Peppina de Notaris, a pesar de su habitual capacidad para mantener la calma, no pudo evitar que su delicada cara morena se sonrojara. También reaccionaron todas sus compañeras, aunque con diferente intensidad. Algunas se sobresaltaron, otras sonrieron. Todas conocían ya la leyenda del apasionado novio de Peppina de Notaris. Era un joven moreno y delgado, como ella, que trabajaba para el ayuntamiento. Adoraba a Peppina. Él trabajaba hasta las cinco y, si ella libraba por la tarde, iba a su casa y allí estaban juntos hasta las siete, su hora de cenar. Volvía, rápido, después de haber cenado. Y cuando Peppina trabajaba por la tarde, él cenaba deprisa y corriendo, para poder ir a esperarla en el pequeño café de Correos, enfrente del palacio de Gravina. Cada media hora emitía un silbido largo y dulce, como para decirle que estaba allí y que la quería. Nunca había nadie en esa cafetería excepto el novio de Peppina, que esperaba tres o cuatro horas y leía todos los periódicos habidos y por haber. Hablaba con el dueño y con el camarero. Al final, había hecho amistad con todos. En verano, se sentaba en la puerta y hablaba con los conductores de tranvía, que esperaban a los pasajeros para salir hacia Posillipo. Sin que se le olvidara silbar, puntualmente, cada media hora, como diciéndole: «consuélate, bella mía, que estoy aquí y te quiero. No tengo siquiera ganas de divertirme si tú estás trabajando. Yo te espero, ten fe y paciencia». La deliciosa leyenda amorosa circulaba por la sección femenina y todas esperaban, expectantes, el silbido. Como si fueran ellas mismas las que lo recibieran de su ser amado. A las nueve, Peppina de Notaris era la primera en irse, despidiéndose con prisas. Fuera estaba su padre, que la esperaba para llevarla a casa. Pero más adelante, en los arcos del patio, para no llamar la atención, el novio enamorado paseaba. Intercambiaban un «buenas tardes» en voz baja. Y se iban los tres juntos, contándose con detalle lo que había pasado ese día en la sección femenina y en el ayuntamiento. Él no mostraba ni impaciencia ni cansancio por esperar tanto en una cafetería solitaria, sin hacer nada. Ella no se lo agradecía de palabra, pero lo miraba con un amor infinito.

—Señoritas —avisó la directora—, no se duerman, porque, de un momento a otro, va a llegar el director.

Las que hacían punto, lo dejaron, cubriéndolo con un periódico. Las que leían, cerraron el libro. Pasqualina Morra le devolvió el volumen de poesía de Parzanese a la directora, ya que era suyo. Ella era su predilecta porque no hablaba ni abandonaba su puesto. Y porque había publicado unos versos dedicados a una violeta en una edición religiosa. Maria Immacolata Concetta Santaniello, a la que llamaban «mojigata», se puso a leer la convención de Pietroburgo del servicio telegráfico internacional para destacar. La primera en dejar su puesto para ir a hablar con la directora fue Cristina Juliano:

—Directora —dijo, inclinándose sobre el escritorio y mirándola fijamente con su ojo bizco, blanco y espeluznante—, ahora cuando venga el director, dígale que me deje salir media hora antes.

—¿Por qué?

—Es Navidad y tengo que ir a bailar.

—¿Ir a una fiesta? —preguntó la directora, mirando su modestísimo vestido de lanilla gris, y la bufanda de felpa roja en su cuello enjuto.

—Bailamos en mi casa —respondió la trabajadora—, aprovechando que alquilamos habitaciones a estudiantes.

—Se lo diré al director en cuanto llegue.

Cristina Juliano volvió a su sitio, cargando con ella su cuerpo andrógino. Y fue el turno de Caterina Borrelli:

—Directora, aprovechando que viene el director, dígale que yo también querría salir media hora antes.

—¿También usted tiene que bailar hoy?

—No. Yo tengo que ir a Sannazaro, a la primera representación de la Marini.

—¿Y qué se representa?

—*La Messalina di Cossa.*

La directora frunció el ceño.

—Se lo diré —añadió después, con voz neutra.

—¿Podría salir también media hora antes Annina Pescara? Nunca voy a ninguna parte sin ella.

—Pedís demasiado, me parece a mí, Borrelli.

Dos o tres más fueron también a pedir esa media hora, escasos treinta minutos rogados como un indulto. Adelina Markò se iba a San Carlo; Olimpia Faraone también se iba a bailar. La directora prometió transmitir la petición e interceder. No podía hacer nada más. Pero se acumulaban ya demasiados permisos. Todas las que lo habían pedido miraban continuamente a la puerta por donde solía entrar el director. Era un piamontés serio, a veces férreo, que daba órdenes a las telegrafistas como si fueran un pelotón de soldados, y cuya fría cólera y rigor septentrional intimidaba a las más audaces. Siempre cenaba como un auténtico piamontés en el Wermouth di Torino, en la plaza Municipio. Después de la cena, se pasaba por la oficina para hacer la inspección de tarde. Entraba siempre por sorpresa, por donde no podía ser visto, y solo saludaba a la directora. Merodeaba alrededor de las mesas de máquinas, veía todos los retrasos, descuidos, negligencias, las máquinas manchadas con tinta de impresión azul, las palancas demasiado altas y las demasiado bajas, los registros mal apuntados y las hojas de papel telegráfico desordenadas. En voz baja, mirando fijamente a los ojos de las trabajadoras, hacía una observación con el menor número de palabras posible. La trabajadora bajaba la mirada, sin responder, y se ponía de inmediato a intentar enmendar su error. Al principio, alguna había intentado justificarse, pero él volvía sobre sus pasos y se alejaba mientras le daba la espalda, como si no la hubiera oído, estableciendo así la base de que no se le podía objetar nada. Durante el día, a la luz del sol, el director no parecía tan terrible. Pero por la noche, en la penumbra, con sus ojos de inquisidor, fieros y de un negro profundo, y al acecho entre las máquinas, con esa voz tan desangelada que no admitía respuesta, con su aparición sorpresiva para hacer la inspección de registros, palancas, envíos parados... Había algo de irreal en él, daba auténtico terror. Durante el día, se referían a él como «el papa» por su infalibilidad. También lo llamaban «el *mammone*[2]», que es el Coco de los niños napolitanos. Pero, por la noche, se referían a él como «el director». Y estas tres sílabas, más susurradas que dichas,

2. Criatura fantástica de la tradición popular napolitana, con forma de gato gigante y características demoníacas. Aparece en numerosos cuentos de hadas y se nombra para asustar a los niños cuando se portan mal.

helaban la sangre. Y aun así, deseaban que llegara para, por lo menos, recibir esa media hora de indulto.

—Ya veréis como esta tarde no se pasa el director. Nos van a salir telarañas de esperar hasta las nueve —dijo Caterina Borrelli a Annina Pescara.

—¿Qué estará haciendo, que aún no ha llegado?

—Estará celebrando Navidad, comiendo con la subdirectora.

—Borrelli, eres perversa.

—¿Perversa yo? ¿Sabes que se casan?

Annina Pescara le comunicó, a toda prisa, la buena nueva a Ida Torelli. El cotilleo se difundió, entre susurros. La polémica era si la subdirectora podía conservar su puesto al casarse. Según la opinión de las trabajadoras, el reglamento no lo permitía. Pero ¿se aplicaba el reglamento a la directora y subdirectora? Había quien pensaba que sí, había quien pensaba que no.

—Ya veréis como se casa y no se va —sostuvo Olimpia Faraone—. Nos van a hacer la vida imposible, entre marido y mujer.

—¿Por qué lo dices? La subdirectora es algo nerviosa, pero no es mala. Y lo sabéis —dijo Peppina Sanna.

—Es muy buena —añadió Caterina Borrelli—; pero hay que conocerla para quererla. Yo he estado en su turno y lo sé.

—Pero no se irá a quedar aquí después de casarse —dijo Peppina de Notaris—. Se hará una selección entre las mejores para cubrir el puesto de vicedirectora.

¿Quién, de entre todas, podría hacerse con el puesto? ¿A qué nueva autoridad deberían someterse? ¿A Serafina Casale, quizá? Soberbia, altiva y prepotente. ¿O, quizá, lo conseguiría Adelina Markò? Siendo tan guapa y amable como era. Eso sería una buena noticia para todas. Pero ella no lo habría aceptado. Algún día se casaría, así que era una empleada temporal, de paso. ¿Caterina Borrelli? Rápida, inteligente y despierta. Puede que demasiado indiscreta, hacía demasiadas burlas contra los superiores. Nunca la nombrarían. ¿Y Pasqualina Morra, la poetisa? Demasiado joven, blanda, débil, lánguida y sin prestigio.

—Señoritas, por favor, un poco de silencio.

Y dieron las ocho y cuarto. La última hora, la que iba desde las ocho a las nueve, siempre parecía durar eternamente. Las que habían solicitado el permiso estaban viviendo un episodio de angustia desesperada. No parecía que el director fuera a llegar. Y deberían padecer esta agonía hasta las nueve.

—Directora, ¿cuándo viene el director? —preguntó, en tono de derrota, la Borrelli.

—Aquí estoy. ¿Quería algo? —espetó una voz detrás de ella.

La Borrelli, a pesar del descaro que le caracterizaba, se quedó petrificada. El director se atusaba el bigote, a la espera, mirándola con indolencia, con la superioridad tranquila de los hombres que son indiferentes a los encantos femeninos.

—Nada. Gracias —murmuró, tontamente, la Borrelli.

El director, como de costumbre, se paseaba por las mesas, con una parsimonia tal que hacía arder de impaciencia a las que querían salir antes. Leía los registros con detalle, como si los estudiara. Miraba la hora de todos los telegramas mandados para el cierre festivo de las oficinas. Markò, Borrelli, Juliano, Pescara y las otras miraban con ojillos suplicantes a la directora. Casi le imploraban que se levantara y fuera hacia el director para pedirle el dichoso permiso. Eran las ocho y media. La directora no lo entendía o fingía no entender. Sabía que no tenía que interrumpirlo mientras hacía la inspección. Esos minutos que pasaban parecían eternos. Llegó un punto en el que se perdieron la esperanza. El director había cogido un telegrama en tránsito, en la línea de Terracina, y se había ido hacia la puerta giratoria de la sección masculina.

—Se va y no nos ha dado el permiso —pensaron.

Había sido una falsa alarma: volvió al poco y, esta vez, fue directamente al escritorio de la directora. Le hablaba en voz baja, sin gesticular, pero con tal fuerza e intensidad que era también visible para los demás. Ella escuchaba muy concentrada, con la miraba baja, con una de sus manos, blanquísima, extendida sobre el escritorio, y apoyando la cara sobre la otra. Cada tanto le temblaban los párpados, como si asintieran. Pero no respondía. Y él continuaba hablando, enérgicamente, sin alzar la voz. Las chicas que habían pedido permiso estaban indignadas, como si ese último cuarto de hora representara su salvación. Cada vez que la directora abría la boca, se sobresaltaban. Pero ella solo tenía posibilidad de decir dos o tres palabras, como si fuera una discrepancia, que el director enseguida rebatía, reiniciando otra vez su monólogo. A las ocho cincuenta, Caterina Borrelli, no pudiendo más, dijo en voz baja:

—Que le den a Galvani, Volta, la botella de Leyda, la pila de Daniell, el sulfato de zinc y la emancipación de la mujer.

—Aquila nos desea buenas noches —dijo Adelina Markò, en alto.

—Respóndales, inmediatamente, que su reloj está adelantado y que aún faltan diez minutos para las nueve. Y que no se les permite dar las buenas noches por cuenta propia. Tienen que esperar a que sea Nápoles quien lo haga —contestó el director.

Ocho y cincuenta y cinco. El cuerpo de todas las muchachas ya se había sumido en un gran desaliento final, la ingratitud de pasar siete horas trabajando, para llevar a cabo una actividad laboriosa y escasamente remunerada. Estaban hieráticas, sin tener siquiera la fuerza para levantarse e irse. Habían deseado con tanta intensidad que llegaran las nueve, que se habían consumido en ese deseo. Exhaustas, sin vida y agotadas hasta el último respiro por esa aquello tan esperado, por la ociosidad y por las conversaciones vacías, ya no deseaban nada. Las que tenían que volver a casa, solo pensaban en la cena y la cama, de la misma manera animal que tiene una bestia de alimentarse a bocados y de tumbarse. Las que tenían que ir al teatro a bailar, extenuadas, exhaustas y con todos los músculos de su cuerpo agarrotados, no tenían ya ningún aliciente ni encontraban ninguna motivación.

—Yo me quedo aquí hasta medianoche —dijó Borrelli a Annina Pescara.

—¿Por qué?

—Por gusto.

—Nápoles-Chiaia nos da las buenas noches.

—Faltan tres minutos para las nueve. Deben esperar —respondió el director con gran severidad.

Finalmente la voz fluida de la directora:

—Son las nueve. Señoritas, den también ustedes las buenas noches.

Las telegrafistas desfilaron, una a una, sin prisa. Se despidieron solo de la directora, ya que el director no quería que le hablaran. En la antesala, iluminada por una vacilante llama de gas, se ponían los abrigos frente a sus taquillas abiertas, y se protegían el cuello con bufandas. Lo hacían en silencio, con cara concentrada y sumidas en una total apatía, en un embrutecimiento del espíritu. Olimpia Faraone, mirándose en un pequeño espejo y a golpe de borla, se ponía polvos com-pactos en su rubia melena. Las otras no la envidiaban, solo la miraban, atónitas de que aún tuviera ganas de retocarse. Pero su coquetería lisonjera venía complacida en ese estado de aba-timiento. Adelina Markò había traíso un corsé de terciopelo negro para ponérselo cuando acabara de trabajar. Ahora la ilusión inicial se había disipado y se colocaba, a la altura de la pechera, en un ornamentado pañuelo de encaje, dos camelias blancas que había sacado de un vaso de agua. Y toda su hermosa anatomía, desde los dedos frágiles y agotados, que no atinaban a colocar un broche en el cuello, reflejaba un cansancio infinito. Salían, despidiéndose de manera apagada y sin besarse, como embotadas, con el rostro inexpresivo por la fatiga. Fuera, las madres, los padres y los hermanos las esperaban para acompañarlas a casa.

—¿Te pasa algo? —preguntó la madre de Giulietta Sorano a su hija.

—Nada, mamá.

—¿Te encuentras mal?

—No. Solo estoy cansada.

Maria Vitale se marchaba con su padre, envuelta en el chal que le había prestado Clemenza Achard. Maria Vitale agachaba la cabeza por la envergadura de su resfriado. Respiraba a inhalaciones profundas, para ganar la batalla a la presión que sentía en el pecho. Las trabajadoras se alejaban por las calles de la Posta, di Monteoliveto, la calle Nuova Monteoliveto y de Trinità Maggiore.

Envueltas en sus abrigos, sombras desvaneciéndose en la sombra, un poco encorvadas, como si las hubiera golpeado una vejez repentina.

III

La circular del director, escrita como si fuera una carta a la directora, comunicaba lo siguiente:

Que para el domingo, día 8 de abril, estaban convocadas las elecciones generales y que, para el domingo, día 15 de abril, las elecciones de segundo escrutinio. Que en esas dos semanas concretas pero, particularmente, el sábado, domingo y lunes, habrá un gran volumen de telegramas en todas las líneas, relevantes y no relevantes. Que, en consecuencia, interpelaba al compromiso de todas las trabajadoras, para saber si se ofrecerían a prestar un servicio extraordinario de dos, tres o cuatro horas adicionales a las siete estipuladas de manera habitual. Que todas las que estuvieran interesadas en brindar esta muestra de dedicación al trabajo, lo confirmaran inscribiéndose en esta carta. Que, no obstante, gozaban de total libertad en lo concerniente a este asunto, que carecía de carácter preceptivo.

Esta carta se leyó de manera solemne, a las dos y media, en presencia de todas las trabajadoras reunidas. Y estando presentes tanto directora como subdirectora. Las muchachas escuchaban, como si fuera una alucinación, con la sensación de haber recibido un fuerte golpe en la cabeza. No eran capaces de tomar una decisión en ese momento. Y les daban de tiempo dos días. Y, de manera inmediata, brotó la simiente de la rebelión, que se desarrolló en el trabajo, por la calle y en las casas. No, no querían prestar un servicio extraordinario. El ordinario era ya un abuso y un martirio. ¿Hacer más? De ninguna manera. Porque ¿para quién? Las trataban como animales de carga. Pagadas con tres miserables liras al día, que mermaban con impuestos, multas y bajas de trabajo por enfermedad. Y, sin embargo, prácticamente todas ellas tenían el título de enseñanza secundaria y, en el telégrafo, desempeñaban su trabajo igual de bien que los hombres. Pero eran consideradas trabajadoras de segunda, a las que pagaban doscientas liras al mes. ¿Aportar más? ¿A santo de qué? ¿Y quién lo habría valorado? No se las mencionaba siquiera en las órdenes reales o ministeriales. Eran designadas por un simple nombramiento del director general, revocable en cualquier momento. Si una telegrafista tenían un día de mal rendimiento, la podían echar, sin que tuvieran siquiera derecho de protesta. ¿El futuro? ¿Qué futuro? No estaban *en plantilla* y no tenían derecho a pensión. Incluso el reglamento recogía que, con cuarenta años, el gobierno las despedía sin más. Todo esto solo si tenían la desgracia de seguir siendo telegrafista hasta los cuarenta años. El Gobierno las echaba a la calle añosas, embotadas, sin saber desarrollar ninguna otra actividad, con la salud mermada y sin un duro. Todas esas quejas latentes, pero mudas, corrían por sus jóvenes mentes, no pudiendo soportar ya el yugo funcionarial. Las quejas trepaban por hasta la boca, amargas, e instigaban, incluso, la buena disposición de las más sumisas. Todos los agravios velados, todas las injusticias subyacentes y todos los pequeños padecimientos se materializaban. Resurgía el recuerdo, el ánimo abatido renacía por la fuerza de aquel torbellino de palabras, en aquellas frases que se repetían una y otra vez, en esas quejas reiteradas, que nunca tenían fin. Annina Pescara, Adelina Markò, Maria Morra y Sofia Magliano deliberaban en casa de Caterina Borrelli. Mientras Peppina Sanna, Peppina de Notaris e Ida Torelli conspiraban en casa de Olimpia Faraone. Quedaban entre amigas, para ponerse de acuerdo. Se discutía en cualquier parte, entre radicales y sumisas. Las rebeldes más combativas opinaban que no se debía siquiera asistir al trabajo ese día, y dejar así a los superiores en evidencia. Las rebeldes más dóciles opinaban que se debía desarrollar únicamente la jornada ordinaria. Los familiares, novios y amigos también participaban en la controversia. Algunos tomaban partido por la rebelión al completo y otros por la jornada estipulada, pero ninguno por las horas extraordinarias. Las trabajadoras sabían que era una petición. Y eso las colocaba en una posición de poder. Querían demostrar que tenían criterio y opiniones.

Pero, cuando llegó el día y la hora de confirmar la asistencia en esa gran hoja blanca, se dio un curioso fenómeno psicológico, un giro de ciento ochenta grados en su resolución interior. En una procesión silenciosa, con actitud solemne y comportamiento orgulloso, todas fueron a firmar. La primera, Rachele Levi, una israelí bajita y fea, siempre enjoyada, escribió que haría una hora extra todos los días. Grazie Casale, una morena rellenita, bañada en perfume con olor a almizcle, escribió que haría horas por ella y por su hermana Serafina, que era enfermera. Adelina Markò haría hasta las cinco del turno de mañana y hasta medianoche del turno de tarde. Emma Torelli haría, todos los días, cinco horas de servicio extraordinario. Ida Torelli como su hermana. Pepina de Notaris llegaría a las siete y se iría a las doce, y volvería al trabajo a las cuatro y se iría a medianoche. Peppina Sanna haría el servicio completo, desde las siete de la mañana hasta las nueve de la noche, tan solo pedía dos horas para comer. Lo mismo Maria y Pasqualina Morra, estarían allí desde las siete de la mañana hasta la medianoche; con dos horas para comer. Y así sucesivamente todas, de ambos turnos, sin excepciones. Fueron subiendo la oferta hasta que la última, Caterina Borrelli, escribió, con su tosca caligrafía torcida, el siguiente ofrecimiento abnegado: *Estoy a completa disposición de la dirección.* Y, debajo de esta última inscripción, se pegó un trozo de papel: Maria Vitale escribía desde su casa, donde guardaba reposo por una tercera recaída de bronquitis, que, sintiéndose ya mejor, haría todo lo posible para asistir a cumplir con su deber.

¡Qué día, aquel ocho de abril! Por la mañana llovieron, como una interminable granizada, telegramas de candidatos a grandes electores, a alcaldes y a secretarios comunales, pidiendo su apoyo. Las últimas, fervientes y misericordiosas peticiones de apoyo. Telegramas humildes, ardientes, llenos de concesiones impulsivas y promesas desesperadas. Después, se emitió una circular del Ministerio del Interior, la última, dirigida a todos los prefectos y subprefectos del reino, con cuatrocientos setenta y dos grupos numéricos. Un arduo trabajo, con el miedo subyacente de que un simple error numérico habría echado a perder el envío. Y, por cada error, el empleado tenía que pagar una multa de seis liras. Pero el momento álgido de afluencia fue a las doce. Desde todos los municipios, tanto grandes como pequeños, desde todas las capitales de provincia, desde todas las prefecturas y subprefecturas, llegaban los resultados de las elecciones al ministro, a la Stefani[3], a los candidatos, a los amigos de los candidatos, a los líderes de los partidos y a las asociaciones políticas. Y, justo después, telegramas personales con mensajes de valoraciones, de recelo, de ánimo, de esperanzas estériles, de triunfo, de enhorabuenas, de expectativa, despotricando, de amargura y de escepticismo. A las tres de la tarde, el momento álgido se convirtió en el momento vertiginoso. En la sección masculina estaban activas cuatro líneas con Roma, el doble de las habituales, y el

3. Una de las principales agencias de noticias italianas de los siglos XIX y XX.

retraso era de tres horas. Con Florencia, Milán y Turín había tal saturación de envíos que se contaban por decenas. Todas las máquinas, Morse, Siemens, Hughes, doble Hughes y Steele estaban activas. Ambos supervisores estaban presentes y se paseaban de un lado a otro, como sonámbulos, con el cigarrillo apagado y llevando un montón de telegramas en la mano. La puerta que comunicaba con la sección femenina estaba semiabierta, algo insólito, pero a nadie le importaba. Habían asistido todas las trabajadoras de la sección femenina y cada una estaba en una máquina. La directora iba y venía. La subdirectora, pequeña y de pelo corto, con el aspecto simpático de un chico ágil, corría de máquina en máquina, organizando los envíos, reajustando los sistemas de relojería y suministrando tinta, ágil como una ardilla, con las manos listas para actuar en cualquier momento, los ojos atentos a cualquier contratiempo y palabras altas y concisas. Los telegramas nacían, manaban y brotaban de todas las líneas. En todas, el retraso era de tres horas. Los telegramas que debían ser mandados se amontonaban, formaban una pila, un cúmulo, una montaña. En el tiempo que se necesitaba para mandar uno, se añadían cinco para ser mandados. Cuando se acababa una tanda de diez, cincuenta y dos se acumulaban en espera. Las trabajadoras estaban frenéticas, estado que iba aumentando según pasaban las horas. Alta, sentada en el sillón, con su ropa cubierta por el gran uniforme negro, Adelina Markò trabajaba briosamente en la máquina de Hughes, con Génova, transmitiendo con una agilidad en los dedos propia de un pianista ilustre. La máquina producía un repiqueteo velocísimo en su engranaje, mientras ella mantenía en marcha el aparato con rítmicos golpes del pie derecho. Llevaba el pelo recogido sobre la cabeza, para que no le estorbara en la nuca, y estaba arremangada para poder hacer envíos sin molestias. Trabajando con ella se encontraba Giulietta Scarano, que casi no podía seguirle el ritmo en el registro de envíos. También estaba en la zona Maria Morra, sentada en un taburete. Ella en la línea de Bari. Un mechón de pelo le cubría un ojo, tenía una mancha de tinta azul en la barbilla, el cuello desabrochado para sobrevivir al sofoco y el rubor, manifestado en forma de dos círculos rojos, teñía sus mejillas. De vez en cuando se intercambiaba con Emma Torelli, para poder descansar un poco, transcribiendo envíos y clasificándolos, haciendo todo lo que conlleva secretaría. En las parejas de *hughistas,* siendo ambas igual de responsables del buen funcionamiento de la línea, se daban estas conversaciones cortas, sin dejar de enviar y escribir:

—¿Cuántos quedan?

—Cuarenta y tres.

—¿Y cuánto retraso hay?

—Dos horas y cincuenta minutos.

—Dios mío.

Y con el operador de la línea:

—¿Cuántos tenéis?

—Sesenta y cuatro —era la cortante respuesta.

Las chicas palidecían. La multiplicación de los telegramas era milagrosa, estaba mandando todo el mundo. Hubo que activar una quinta línea con Roma y este inesperado honor recayó sobre la sección femenina, que hasta ahora nunca había tenido comunicación con la capital. Esa línea, con máquina Morse, solo era para recepciones. Se puso a trabajar a la más hábil recibiendo telegramas: la Borrelli. Con las gafas colocadas firmemente sobre la nariz, las piernas cruzadas como un hombre, con un tic nervioso en la boca y sin levantar nunca la cabeza, sin moverse ni girarse, lo único que hacía era recibir telegramas. Adivinaba las palabras desde la primera sílaba, acabando de escribir el telegrama antes de que el emisor lo transmitiera hasta el final. Después de haber recibido quince o veinte, aprovechó para preguntarle:

—¿Aún os quedan muchos?

—Muchísimos, sí.

—¿Cómo cuántos?

—Alrededor de setenta.

—Ay, no.

Y se ponía otra vez a recibir la señal, con la boca seca y el dedo sucio de tinta, hasta la primera falange. Después, poseída por una especie de delirio telegráfico, le pedía al telegrafista del otro lado que fuera más rápido, que ella era capaz de transcribirlos a mayor celeridad. Eso aceleraba la transmisión a una velocidad fugaz, casi imposible. Ella lo azuzaba, lo espoleaba, como si fuera un jinete de carreras, diciéndole a cada rato *más rápido, más rápido, más rápido*.

En la línea de Nápoles con Salerno, la escena era muy diferente, pero igualmente maravillosa. El telegrafista de Salerno era el mejor empleado de la oficina y se comunicaba con Peppina Sauna, una de las mejores, si no la mejor, de la sección femenina. Por la mañana, se habían desafiado en tono jocoso, como colosos intrépidos. Se habían saludado como dos espadachines de primera y la competición se había puesto en marcha. Alternaban transmisión y recepción a partes iguales. En cuanto el telegrafista confirmaba el envío, Peppina Sanna estaba ya en posición, con su mano en la palanca, para hacer lo propio. Se alternaba también el ruido: tan pronto la palanca de Nápoles, rápida y ligera, bajo la inquebrantable mano de Peppina, como el estilete que recibía las transmisiones de Salerno, que no paraba de oscilar con un repiqueteo endiablado. Se provocaban mutuamente:

—Eres una tortuga —exclamaba Peppina Sanna.

—¿Dices que soy una tortuga? —respondía el emisor, y corría como un poseso, con la intención de impresionarla.

—¿Crees que me asustas? —exclamaba ella. Y apresuraba tanto la transmisión que parecía imposible que él fuera capaz de transcribirla.

—Agilidad, señoritas, agilidad —gritaba la subdirectora.

—Vamos con un retraso importante —murmuraba la directora, paseándose por las mesas.

También el director iba y venía, pero mudo, serio y sin hacer observaciones. Paseándose, como un león en su jaula. No decía nada pero veía todo. La cara pálida de Annina Pescara que llevaba diez horas sentada en la línea de Reggio y que, a veces, dejaba caer la cabeza, como si ya no le quedaran fuerzas para sostenerla. La paciencia de ángel de Clemenza Achard, que lidiaba, desde su línea, con otras siete provenientes de oficinas más pequeñas, todas con telegramas para mandar y reclamando que les otorgaran preferencia frente a las otras. La angustia de Ida Torelli, que tenía que padecer la línea de Nápoles-Ancona-Bolonia. A ella aún le quedaban sesenta envíos por hacer y Ancona y Boloña estaban perdiendo el tiempo discutiendo entre ellos. La habilidad de Peppina de Notaris que, en vez de leer, adivinaba la transmisión que le mandaba el telegrafista de Catanzaro, un inútil que no sabía desempeñar correctamente su trabajo. Deambulaba sin decir nada, como el ya mencionado león. Ese día, todas las trabajadoras eran ágiles y hábiles. Ese entorno y nerviosismo habían hecho florecer en ellas talentos desconocidos. Se asistían mutuamente, con aprecio. Compartían tinta, plumas y papel. Las menos acostumbradas al intercambio de telegramas registraban, escribían la hora de los envíos, contaban las palabras, cambiaban los rollos de papel y archivaban los telegramas enviados. Dejaron de existir las rivalidades entre turnos, las antipatías y los méritos. Se ayudaban sororamente, impulsadas por el deseo de que todo saliera bien. A las ocho de la noche de ese domingo, las trabajadoras del telégrafo, presentes todas, sin haber comido ni cenado, seguían trabajando con la máquina de Hughes y de Morse, entre los telegramas mandados y los que se tenían que mandar. Con ojos vidriosos, trenzas despeinadas y la mano intranquila que sujeta con fuerza la palanca, una voz anónima preguntaba de vez en cuando:

—¿Aún hay retraso?

IV

Después de un octubre muy suave, en el que brotaron no pocas flores de rosa, calentado por un templado sol más propio de primavera, el primer día de noviembre, el día de Todos los Santos, una capa blanquecina de nubes había encapotado el cielo. Por la tarde cayó la suave lluvia de otoño, que siempre cala la misericordiosa peregrinación de quienes, el Día de los Muertos, visitan el cementerio. La primera semana de noviembre siempre es lluviosa, con algún breve intervalo en el que la lluvia cesa, casi de puro agotamiento. Pero, sin ningún tipo de compasión, a la media hora volvía a caer alguna gota. Poco abundante y de manera lenta al principio, multiplicándose después, durante dos o tres horas, con un golpeteo acompasado que invitaba al sueño. En la antesala de la sección femenina, los paraguas, abiertos y brillantes por el agua, goteaban por el extremo de las varillas apoyadas en el suelo. En el respaldo del sofá de lona, y en algunas de las sillas, se secaban capas mojadas y algunos pañuelos, desteñidos por la lluvia. Incluso sobre una máquina de Hughes que se usaba con fines pedagógicos, estaba extendido un impermeable oscuro, manchado de salpicaduras negras. Las más prudentes, en cuanto entraban, se cambiaban los botines por otro par viejo que tuvieran en la taquilla. Pero a la hora de salir, calzarse se convertía en todo un reto, ya que los zapatos se habían estrechado por la humedad. Desde que llegaron las lluvias, el desayuno de las que gozaban de mejor posición económica dejó de ser granizado de limón, que se volvía un líquido amargo y verdoso cuando se derretía, en el que mojara un panecillo barato. Con la llegada de noviembre tomaban chocolate, una bebida oscura, espesa y tan caliente que te abrasaba lengua y estómago. Gabriella Costa, llamada también la pequeña Lavallière por tener una cara pálida, ovalada y melancólica, y tirabuzones rubios en la zona de la frente y de la sien, ponía de manifiesto la densidad del chocolate diciendo que estaba hecho con ladrillo triturado. La cuestión de los desayunos era una eterna fuente de desavenencias entre Gaetanina Galante, la asistenta de servicio, y las teleoperadoras. Nunca pagaban en el día, sino que comían galletas y pastas y lo cargaban a su cuenta. A final de mes, cuando Galante les hacía llegar la cuenta por un total de diez o, incluso, quince liras, torcían el morro. Las más discretas guardaban silencio. Las más atrevidas decían que estaban seguras de que había un error y no habían comido tanto. Pero era bastante improbable tener la última palabra cuando se trataba de Gaetanina Galante, por lo insolente y deslenguada que era. Ya se había hecho con un buen botín con lo que se sacaba de los desayunos y, a algunas, les había hecho préstamos con intereses. Aunque no de grandes cantidades. De veinte, treinta o cuarenta liras, por las que exigía cuotas mensuales de cinco o diez liras, según la cantidad prestada. El día en el que la administración realizaba los pagos, ella hacía tiempo para salir más tarde y poder exigir el cobro. Era algo que no se podía eludir, ya que querían evitar a toda costa que la existencia de la deuda llegara a oídos del director o la directora. Y ella instrumentalizaba este miedo para imponerse a las chicas que tenían deudas. Una le hacía gorros, otra le regalaba un par de guantes y la tercera le prestaba su medalla de oro cuando a esta se le antojaba ir a bailar. Y esta asistenta las trataba de compañeras, de amigas y las tuteaba. Y ellas se ruborizaban por el bochorno.

Ya se habían presentado problemas en las líneas desde la primera lluvia, la pesadilla estacional de otoño e invierno en los telégrafos. Procida había mandado enseguida un telegrama informativo, comunicando que, a causa de la lluvia, ya no avistaban la isla de Ponza y de Ventotene. Justo después, Massalubrense informó de que ya no se veía Capri. Así pues, las comunicaciones lumínicas estaban interrumpidas. Después de tres días, la línea de las islas que va desde Pozzuoli, y pasa por Ischia, Forio d'Ischia, Casamicciola y Procida, a tramos sumergida, a tramos aérea, y sumergida, de nuevo después, empezó a dar fallos. La corriente llegaba a intervalos y funcionaba a duras penas. Por la tarde sufrió una avería y ya no se pudo contactar. Agobiada, la subdirectora se encaminó a la sección masculina para hablar con el supervisor:

—Hemos perdido toda comunicación con las islas.

—¿Tenéis muchos envíos pendientes?

—Siete.

—Es poco. Los haremos llegar por correo.

Bajo esa lluvia incesante, en ese ambiente húmedo que viciaba el aire, las calles, las personas, la ropa y hasta el alma, el trabajo telegráfico se convertía, principalmente, en un trabajo de paciencia. Al empezar el turno, las trabajadoras miraban hacia el cielo, con cara de no fiarse mucho, y contactaban con el operador. A veces, al principio, el servicio funcionaba bien durante una hora o dos. Pero, en cierto momento, las señales desaparecían y la trabajadora pensaba: *Ya estamos. Dios, dame entereza*. Pero era aun más frecuente que la avería se manifestara desde temprano, por la mañana. La pesadilla empezaba nada más dar los *buenos días*. *Buenos días* que, o no llegaban al operador de Nápoles, o que Nápoles devolvía y no llegaban a destino. Las siete horas de servicio se consumían en vanos intentos de hacerse oír, golpeando con fuerza la palanca o haciendo las señales más largas, claras y pausadas.

—Por favor, directora —murmuraba la trabajadora—, nuestra pila tiene una corriente muy débil, haga algo.

—Tiene ya treinta potenciadores más de los necesarios, ¿qué más podría hacer? —respondía la directora, apesadumbrada.

—No sirve para nada Para absolutamente nada. —murmuraba la trabajadora—. A Otranto no le va a llegar la señal nunca.

La corriente, saliendo o llegando, padecía una rara y caprichosa enfermedad que la transportaba a trompicones. Que le daba tregua por dos horas y la abatía por un día entero. Que le hacía fluctuar: tan pronto renacía, como le arrastraba hasta un debilitamiento mortal. La poderosa energía que se desencadena con algo de cobre, algo de ácido sulfúrico y algo de zinc; la fortísima energía que nadie ha conseguido aún explicar; la gran eficiencia natural, indescifrable y grandiosa, como el calor, como la luz; la corriente eléctrica —fuerza, voluntad y pensamiento— estaba enferma, con síntomas apreciables en su fuerza y potencia. Extrañas convulsiones le hacían retorcerse de dolor, a causa de las cuales, y por el ímpetu con el que se daban, parecía que las máquinas iban a partirse en pedazos. Y ella golpeaba una y otra vez al metal, con ciertos impactos fuertes, secos y repetidos de manera continua, como si llamara a una puerta para pedir ayuda, como si estuviera pidiendo auxilio. En el desaliento que se sucedía a este ímpetu, el estilete de la máquina temblaba vagamente, con un movimiento tan sutil que parecía una exhalación.

—Directora, directora —decía lastimosamente Annina Pescara—, sé que Bolonia me está diciendo algo, pero las señales no llegan.

—Consiga que la máquina se haga perceptible.

Se desmontaba la máquina, se ajustaba el sistema de relojería con una mayor suavidad, se menguaba la espiral del resorte para que la corriente pudiera circular con mayor facilidad y el estilete y el papel se acercaban lo máximo posible. La máquina, cuando se ajustaba así, se asemejaba a esos temperamentos humanos refinados, en los que la agitación es inmediata y los nervios se estremecen ante cualquier pequeño estímulo. La máquina *se había hecho perceptible*. Y entonces, tímidamente, alguna señal se hacía notar. Palabras inacabadas y frases desmembradas. Se asemejaba al delirio ahogado e ininteligible de un moribundo. Y se declaraba el fallo técnico para no ser personalmente responsable de las comunicaciones.

—En Bolonia hay dispersión eléctrica.

Aun así, la telegrafista permanecía en su puesto. Intentándolo otra vez e intentándolo siempre. Esperando, sin tregua, poder comunicarse. La enfermedad de la corriente era así de caprichosa. De un momento a otro se podía curar, por una hora o por un día. Y, con esa incertidumbre, la telegrafista malgastaba sus horas en esfuerzos inútiles. Intentándolo. Volviéndolo a intentar. Con una resuelta perseverancia, con la abnegación característica de la juventud. Cada tanto, se oía un suspiro profundo:

—¿Qué pasa? —preguntaba la Caracciolo, a la que le gustaban las averías porque no se trabajaba.

—La línea de Catanzaro es horrible —respondía Grazia Casale.

Y otras veces:

—No hay comunicación con Benevento.

—¿Qué avería tienen?

—La corriente continua.

Pero la peor avería de todas era que hubiera un problema de contacto. Lo causaban las lluvias, las calles en mal estado, la pésima conservación de los cables, un pájaro que se posaba o cualquier azar. En invierno era muy frecuente que dos líneas que avanzaban en la misma dirección se cruzaran e hicieran contacto. De repente, mientras hablabas con Reggio, irrumpía Torre Annunziata en la línea, y las transmisiones se mezclaban y se superponían. Los operadores discutían entre ellos y las comunicaciones se solapaban. Y la voz triste de Clemenza Achard, en tono muy suave, decía:

—Ya no tenemos contacto con Reggio, sino con Torre Annunziata.

En aquel día, el doce de noviembre, dejó de llover desde por la mañana. Pero el cielo estaba encapotado y oscuro, casi negro en la línea del horizonte, tras la colina de San Martino. Entre las nubes, los truenos resonaban de manera difusa e ininterrumpida. Y un relámpago lo iluminó todo con un destello azulado. A las cuatro, el supervisor, que tenía cara de cansancio y hastío, apareció por la puerta de la sección femenina. Llamó a la subdirectora y le dijo:

—He perdido la comunicación con Sicilia.

—Y ambos se miraron, con la cara de pena de quien enfrenta una adversidad insalvable. La directora volvió y les comunicó la noticia a las trabajadoras:

—No tenemos conexión con Sicilia.

Las muchachas se miraron entre ellas, hundiendo la cabeza. Pareciera que la sede de Nápoles se hubiera quedado aislada, progresivamente, de todos los lugares con los que estaba vinculada. Hacía ya cuatro días que no se tenían noticias de Venecia, que ahora mandaba los telegramas de Nápoles a Roma. Campobasso, por su parte, los mandaba por correo. De Ancona no se tenían noticias. La comunicación era imposible con Benevento. Y ahora sin señal con Sicilia que, de entre todas, era la más importante. Y les hacía sentir desamparadas, en el abandono más absoluto. Ese día, ninguna de las otras líneas funcionaban mal por la humedad, sino por las descargas eléctricas, las cuales influían en el buen funcionamiento de las líneas y extinguían las señales de transmisión.

—Señoritas, ojo con tocar con los dedos la parte metálica de la palanca. Pueden recibir una descarga —había advertido la directora.

Pero alguna se divertía jugando precisamente a eso, a recibir descarga. Bastaba con tocar uno de los cables, la palanca del comunicador o cualquier pequeño botón externo, para sentir una ligera vibración pasar desde el dedo a la muñeca, y desde la muñeca a la nuca.

—Borreli, no juegue con las descargas. Se puede electrocutar.

—Son solo cosas que se dicen, subdirectora.

Maria Immacolata Concetta Santaniello se santiguaba con cada trueno fuerte y se veían sus labios moverse, como si estuviera rezando. Peppina de Notaris se paraba con cada descarga, casi sin moverse por el miedo. Peppina Sanna tenía un tic nervioso en la cara, como si toda aquella electricidad impactara en sus nervios. Sofia Magliano, que intentaba en vano hacerse responder desde Cosenza, cotilleaba con Maria Morra sobre Adelina Markò, que en julio presentó su dimisión y, en el mes de agosto, ya estaba felizmente casada con un chico de Salerno, que era comerciante. Había decidido dejar atrás los melodramas amorosos que le hacían romantizar a viudos cuarentones y ahora estaba radiante, como había dicho por carta a la directora. Desde que se fue, Agnese Costa había pasado a ser la guapa oficial de la oficina. Una chica alta, esbelta y de tez pálida, una nuca prominente y dos grandes ojos grises. También Emma Torelli se había echado novio, un empleado del telégrafo, y tenían previsto casarse en unos cinco o seis meses. Conversaban sobre esto, de manera acelerada, intranquilas por el desgaste improductivo de poder recibir una respuesta del operador, por las descargas eléctricas y por los rumores que circulaban. Lo que le pasó de verdad a la Juliano nunca salió a la luz. Simplemente desapareció de un día para otro. Antes de eso, la dirección le había hecho llamar tres o cuatro veces y la habían visto subir por otra escalinata, bamboleando su gran cuerpo de hombre contrahecho. E, incluso, la directora también había estado tres o cuatro veces en dirección, durante largo tiempo, reunida con el director. Cuando volvía, tenía la cara desencajada y los labios de un rosa lívido, incluso aun más pálidos que normalmente. Lo de la Juliano fue trágico y conmocionó a toda la sección. Una desgracia nunca revelada por la que había un malestar silencioso. ¡Y eso que era fea! Resonó un zumbido de señales en las líneas de Cosenza y de Catanzaro, que atendían Maria Morra y Sofia Magliano y, poco después, la subdirectora anunció:

—Un rayo ha impactado en un poste, cerca de Salerno. Unía la comunicación con Cosenza, Catanzaro, Reggio, Potenza y Lagonegro.

Había derribado seis líneas al mismo tiempo. Aunque sí emitían sonido. De esas máquinas, salía un batiburrillo de señales, transmisiones y fuertes golpes que la energía eléctrica del aire distorsionaba. Y los truenos retumbaban aun más fuerte. En todos los puntos de contacto que había entre dos piezas de metal de la máquina, se producía un sutil chisporroteo eléctrico. Los aisladores, acabados en un aguijón de hierro como las púas de un peine, presentaban, a intervalos, el mismo fenómeno de chisporroteo. En ese momento, la directora entró, vestida de negro, con velo de crepé en el sombrero y con guantes, negros también. Tenía los ojos rojos e hinchados. Se puso a hablar en voz baja con la subdirectora. Las trabajadoras, a las que no pasó desapercibido el luto, habían palidecido de golpe. Ya no se preocupaban de la electricidad. Sabían que venía de *ahí fuera*, donde había ido con algunas de sus compañeras. No se atrevían a llamarla y preguntarle qué había pasado *ahí fuera*. Un relámpago iluminó el cielo cerrado. Un fuerte trueno retumbó y un rayo impactó en la ciudad. Todas las máquinas rechinaron y, en todos los cables y pequeños interruptores, hubo un sutil chisporroteo. En los aisladores se produjo un fulgor. El supervisor se presentó en la puerta de la sección masculina y gritó:

—Tormenta. Hay peligro. ¡Cortad las líneas!

La subdirectora dudó por un momento, sobre todo por lo drástico de la medida, que se adoptaba en muy escasas ocasiones. Otro rayo cayó, esta vez más cerca.

—¡Cortad las líneas! —ordenó el supervisor.

De golpe, se hizo el silencio en la oficina. Nápoles estaba incomunicada. Las palancas, las máquinas y los aisladores parecían haber sufrido una muerte súbita. Ya no había ningún tipo de corriente. Y, alrededor de la directora, que venía del cementerio, las trabajadoras, juntas, lamentaban la muerte de Maria Vitale.